読んでおきたい日本の名作

羅生門・鼻・芋粥 ほか

芥川龍之介

教育出版

目次

§〈注〉の見出し語に＊印のあるものは、資料ページ（192・193）も参照。

羅《ら》生《しょう》門《もん》

ある日の暮れ方のことである。一人の下人《げにん》が、羅生門《らしょうもん》の下で雨やみを待っていた。

広い門の下には、この男のほかに誰《だれ》もいない。ただ、ところどころ丹塗《にぬ》りのはげた、大きな円柱《まるばしら》に、蟋蟀《きりぎりす》が一匹《ぴき》とまっている。羅生門が、朱雀大路《すざくおおじ》にある以上は、この男のほかにも、雨やみをする市女笠《いちめがさ》や揉烏帽子《もみえぼし》が、もう二三人はありそうなものである。それが、この男のほかには誰《たれ》もいない。

なぜかというと、この二三年、京都《きょうと》には、地震《じしん》とか辻風《つじかぜ》とか火事とか饑饉《ききん》とかいう災《わざわ》いがつづいて起こった。そこで洛中《らくちゅう》のさびれ方はひととおりではない。旧記によると、仏像や仏具を打ち砕《くだ》いて、その丹《に》がついたり、金銀の箔《はく》がついたりした木を、路《みち》ばたにつみ重ねて、薪《たきぎ》の料《しろ》に売っていたということである。洛中がその始末であるから、羅生門の修理《しゅり》などは、もとより誰も捨てて顧《かえり》みる者がなかった。するとその荒《あ》れ果てたのをよいことにして、狐《こ》狸《り》が棲《す》む。盗人《ぬすびと》が棲む。とうとうしまいには、引き取り手のない死人を、この門へ持ってきて、棄《す》てていくという習慣さえできた。そこで、日の目が見えなくなると、誰でも気味を悪がって、この門の近所へは足ぶみをしないこ

羅生門　朱雀大路の南端《なんたん》に位置する平安京の正門。

*朱雀大路　平安京の大内裏《だいだいり》南端から羅城《らじょう》門《もん》までの大通り。

*市女笠　竹皮で中央部を高く編んだ笠。女性の外出帽子《ぼうし》。

*揉烏帽子　柔《やわ》らかに揉《も》んで作った三角形の男性の外出帽子。

旧記　過去の文書。ここでは『方丈《ほうじょう》記《き》』を指す。

とになってしまったのである。
その代わりまた鴉《からす》がどこからか、たくさん集まってきた。昼間見ると、その鴉が何羽となく輪を描《か》いて、高い鴟尾《しび》のまわりを啼《な》きながら、飛びまわっている。殊《こと》に門の上の空が、夕焼けであかくなる時には、それが胡麻《ごま》をまいたように、はっきり見えた。鴉は、もちろん、門の上にある死人の肉を、啄《ついば》みに来るのである。――もっとも今日は、刻限が遅《おそ》いせいか、一羽も見えない。ただ、ところどころ、崩《くず》れかかった、そうしてその崩れめに長い草のはえた石段の上に、鴉の糞《くそ》が、点々と白くこびりついているのが見える。下人《げにん》は七段ある石段のいちばん上の段に、洗いざらした紺《こん》の襖《あお》の尻《しり》を据《す》えて、右の頰《ほお》にできた、大きなにきびを気にしながら、ぼんやり、雨のふるのを眺《なが》めていた。
作者はさっき、「下人が雨やみを待っていた」と書いた。しかし、下人は雨がやんでも、格別どうしようという当てはない。ふだんなら、もちろん、主人の家へ帰るべきはずである。ところがその主人からは、四五日前に暇《ひま》を出された。前にも書いたように、当時京都《きょうと》の町はひととおりならず衰微《すいび》して

鴟尾
宮殿《きゅうでん》の棟《むね》の両《りょう》端《たん》にある魚《お》の尾に似せた飾《かざ》り物。

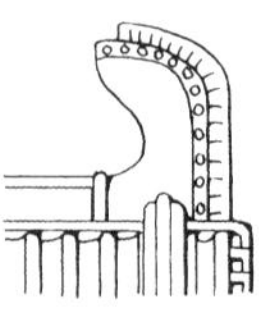

襖
腋《わき》のあいた袷《あわせ》の衣《ころも》。綿入れの物もある。

にきび
小さな腫《は》れ物の総称《そうしょう》。

暇を出す
首にする、解雇《かいこ》すること。

いた。今この下人が、永年、使われていた主人から、暇を出されたのも、実はこの衰微の小さな余波にほかならない。だから「下人が雨やみを待っていた」というよりも「雨にふりこめられた下人が、行《ゆ》き所がなくて、途方《とほう》にくれていた」というほうが、適当である。そのうえ、今日の空模様も少なからず、この平安朝《へいあんちょう》の下人の Sentimentalisme に影響《えいきょう》した。申《さる》の刻下がりからふりだした雨は、いまだに上がるけしきがない。そこで、下人は、何をおいてもさしあたり明日の暮らしをどうにかしようとして――いわばどうにもならないことを、どうにかしようとして、とりとめもない考えをたどりながら、さっきから朱雀大路《すざくおおじ》にふる雨の音を、聞くともなく聞いていたのである。

雨は、羅生門《らしょうもん》をつつんで、遠くから、ざあっという音をあつめてくる。夕《ゆう》闇《やみ》はしだいに空を低くして、見上げると、門の屋根が、斜《なな》めにつき出した甍《いらか》の先に、重たくうす暗い雲を支えている。

どうにもならないことを、どうにかするためには、手段を選んでいるいとまはない。選んでいれば、築土《ついじ》の下か、道ばたの土の上で、饑《う》え死《じ》にをするばかりである。そうして、この門の上へ持ってきて、犬のように棄《す》てられて

Sentimentalisme サンティマンタリスム(仏)。感傷的、感傷主義。

申の刻下がり 昔の時刻の呼び方で今の午後四時過ぎ。

築土 土を盛り上げて固めた塀《へい》や壁《かべ》。

しまうばかりである。選ばないとすれば――下人《げにん》の考えは、何度も同じ道を低徊《ていかい》したあげくに、やっとこの局所へ逢着《ほうちゃく》した。しかしこの「すれば」は、いつまでたっても、結局「すれば」であった。下人は、手段を選ばないということを肯定《こうてい》しながらも、この「すれば」のかたをつけるために、当然、そののちに来たるべき「盗人《ぬすびと》になるよりほかにしかたがない」ということを、積極的に肯定するだけの、勇気が出ずにいたのである。

下人は、大きなくさめをして、それから、大儀《たいぎ》そうに立ち上がった。夕冷えのする京都《きょうと》は、もう火桶《ひおけ》が欲《ほ》しいほどの寒さである。風は門の柱と柱との間を、夕闇《ゆうやみ》とともに遠慮《えんりょ》なく、吹《ふ》きぬける。丹塗《にぬ》りの柱にとまっていた蟋蟀《きりぎりす》も、もうどこかへ行ってしまった。

下人は、頸《くび》をちぢめながら、山吹《やまぶき》の汗衫《かざみ》に重ねた、紺《こん》の襖《あお》の肩《かた》を高くして、門のまわりを見まわした。雨風の患《うれ》えのない、人目にかかる惧《おそ》れのない、一晩楽にねられそうな所があれば、そこでともかくも、夜《よ》を明かそうと思ったからである。すると、幸い門の上の楼《ろう》へ上る、幅《はば》の広い、これも丹を塗った梯子《はしご》が眼《め》についた。上なら、人がいたにしても、どうせ死人ばかりである。

低徊　考えにふけりつつ、行ったり戻《もど》ったりすること。

局所へ逢着　肝心《かんじん》な問題にたどりつくこと。

*火桶　木製の火鉢《ひばち》。暖をとるための道具。

山吹の汗衫　汗《あせ》取り用の黄色い短衣。

下人はそこで、腰《こし》にさげた聖柄《ひじりづか》の太刀《たち》が鞘走《さやばし》らないように気をつけながら、藁草履《わらぞうり》をはいた足を、その梯子のいちばん下の段へふみかけた。

それから、何分かの後である。羅生門《らしょうもん》の楼の上へ出る、幅の広い梯子の中段に、一人の男が、猫《ねこ》のように身をちぢめて、息を殺しながら、上の容子を窺《うかが》っていた。楼の上からさす火の光が、かすかに、その男の右の頬《ほお》をぬらしている。短い鬚《ひげ》の中に、赤く膿《うみ》を持ったにきびのある頬である。下人は、始めから、この上にいる者は、死人ばかりだと高《たか》を括《くく》っていた。それが、梯子を二三段上ってみると、上では誰《だれ》か火をとぼして、しかもその火をそこここと、動かしているらしい。これは、その濁《にご》った、黄いろい光が、隅《すみ》々に蜘蛛《くも》の巣をかけた天井裏《てんじょううら》に、揺《ゆ》れながら映ったので、すぐにそれと知れたのである。この雨の夜に、この羅生門の上で、火をともしているからは、どうせただの者ではない。

下人は、守宮《やもり》のように足音をぬすんで、やっと急な梯子を、いちばん上の段まで這《は》うようにして上りつめた。そうして体をできるだけ、平らにしながら、頸をできるだけ、前へ出して、恐《おそ》る恐る、楼の内をのぞいてみた。

聖柄　鮫《さめ》皮を巻いていない木地のままの刀の柄。

鞘走る　刀身を納める鞘から刀が抜《ぬ》け出ること。

守宮　トカゲに似た無毒の爬虫《はちゅう》類。

見ると、楼《ろう》の内には、噂《うわさ》に聞いたとおり、幾《いく》つかの死骸《しがい》が、無造作に棄《す》てであるが、火の光の及《およ》ぶ範囲《はんい》が、思ったより狭《せま》いので、数は幾つともわからない。ただ、おぼろげながら、知れるのは、その中に裸《はだか》の死骸と、着物を着た死骸とがあるということである。もちろん、中には女も男もまじっているらしい。そうして、その死骸は皆《みな》、それが、かつて、生きていた人間だという事実さえ疑われるほど、土をこねて造った人形のように、口を開《あ》いたり手を延ばしたりして、ごろごろ床《ゆか》の上にころがっていた。しかも、肩《かた》とか胸とかの高くなっている部分に、ぼんやりした火の光をうけて、低くなっている部分の影《かげ》をいっそう暗くしながら、永久に唖《おし》のごとく黙《だま》っていた。

　下人《げにん》は、それらの死骸の腐爛《ふらん》した臭気《しゅうき》に思わず、鼻を掩《おお》った。しかし、その手は、次の瞬間《しゅんかん》には、もう鼻を掩うことを忘れていた。ある強い感情が、ほとんどことごとくこの男の嗅覚《きゅうかく》を奪《うば》ってしまったからである。

　下人の眼《め》は、その時、はじめて、その死骸の中にうずくまっている人間を見た。檜皮《ひわだ》色の着物を着た、背の低い、やせた、白髪頭《しらがあたま》の、猿《さる》のような老婆《ろうば》である。その老婆は、右の手に火をともした松の木片《きぎれ》を持って、その死骸の

唖
話すことが不自由な状態。

檜皮色
黒みを帯びた紅色、黒みがかった濃《こ》い赤紫《あかむらさき》色。

一つの顔をのぞきこむように眺《なが》めていた。髪《かみ》の毛の長いところを見ると、たぶん女の死骸であろう。

下人は、六分の恐怖《きょうふ》と四分の好奇心《こうきしん》とに動かされて、暫時《ざんじ》は呼吸《いき》をするのさえ忘れていた。旧記の記者の語を借りれば、「頭身の毛も太る」ように感じたのである。すると、老婆は、松の木片を、床板の間に挿《さ》して、それから、今まで眺めていた死骸の首に両手をかけると、ちょうど、猿の親が猿の子の虱《しらみ》をとるように、その長い髪の毛を一本ずつ抜《ぬ》きはじめた。髪は手に従って抜けるらしい。

その髪の毛が、一本ずつ抜けるのに従って、下人の心からは、恐怖が少しずつ消えていった。そうして、それと同時に、この老婆に対するはげしい憎《ぞう》悪《お》が、少しずつ動いてきた。――いや、この老婆に対するといっては、語弊《ごへい》があるかもしれない。むしろ、あらゆる悪に対する反感が、一分ごとに強さを増してきたのである。この時、誰《たれ》かがこの下人に、さっき門の下でこの男が考えていた、饑《う》え死《じ》にをするか盗人《ぬすびと》になるかという問題を、改めて持ち出したら、恐《おそ》らく下人は、なんの未練もなく、饑え死にを選んだことであろう。

暫時　しばらくの間。

頭身の毛も太る　恐怖《きょうふ》に毛穴がひろがる。『今昔《こんじゃく》物語』巻二四第二〇にある。

それほど、この男の悪を憎《にく》む心は、老婆《ろうば》の床《ゆか》に挿《さ》した松の木片《きぎれ》のように、勢いよく燃え上がりだしていたのである。

下人《げにん》には、もちろん、なぜ老婆が死人の髪《かみ》の毛を抜《ぬ》くかわからなかった。したがって、合理的には、それを善悪のいずれに片づけてよいか知らなかった。しかし下人にとっては、この雨の夜《よ》に、この羅生門《らしょうもん》の上で、死人の髪の毛を抜くということが、それだけで既《すで》に許すべからざる悪であった。もちろん、下人は、さっきまで、自分が盗人《ぬすびと》になる気でいたことなぞは、とうに忘れていたのである。

そこで、下人は、両足に力を入れて、いきなり、梯子《はしご》から上へ飛び上がった。そうして聖柄《ひじりづか》の太刀《たち》に手をかけながら、大股《おおまた》に老婆の前へ歩みよった。老婆が驚《おどろ》いたのはいうまでもない。

老婆は、一目下人を見ると、まるで弩《いしゆみ》にでも弾《はじ》かれたように、飛び上がった。

「おのれ、どこへ行く。」

下人は、老婆が死骸《しがい》につまずきながら、慌《あわ》てふためいて逃《に》げようとする行

弩
城壁《じょうへき》に大石を置き、近づく敵を弾《はじ》き落とす装置。

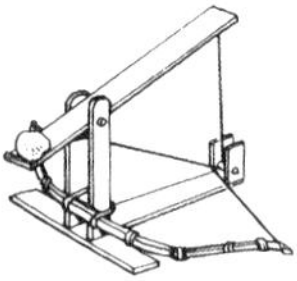

く手を塞《ふさ》いで、こう罵《ののし》った。老婆は、それでも下人をつきのけて行《ゆ》こうとする。下人はまた、それを行かすまいとして、押《お》しもどす。二人は死骸の中で、しばらく、無言のまま、つかみ合った。しかし勝敗は、はじめから、わかっている。下人はとうとう、老婆の腕《うで》をつかんで、無理にそこへねじ倒《たお》した。ちょうど、鶏《とり》の脚《あし》のような、骨と皮ばかりの腕である。

「何をしていた。言え。言わぬと、これだぞよ。」

下人は、老婆をつき放すと、いきなり、太刀の鞘《さや》を払《はら》って、白い鋼《はがね》の色を、その眼《め》の前へつきつけた。けれども、老婆は黙《だま》っている。両手をわなわなふるわせて、肩《かた》で息を切りながら、眼を、眼球がまぶたの外へ出そうになるほど、見開いて、唖《おし》のように執拗《しゅうね》く黙っている。これを見ると、下人は始めて明白に、この老婆の生死が、全然、自分の意志に支配されているということを意識した。そうしてこの意識は、今までけわしく燃えていた憎悪《ぞうお》の心を、いつのまにか冷ましてしまった。あとに残ったのは、ただ、ある仕事をして、それが円満に成就《じょうじゅ》したときの、安らかな得意と満足とがあるばかりである。そこで、下人は、老婆を、見下ろしながら、少し声を柔《やわ》らげてこう言った。

執拗く　頑固《がんこ》に、かたくなに。

「おれは検非違使《けびいし》の庁の役人などではない。今しがたこの門の下を通りかかった旅の者だ。だからおまえに縄《なわ》をかけて、どうしようというようなことはない。ただ、今時分、この門の上で、何をしていたのだか、それをおれに話しさえすればいいのだ。」

すると、老婆《ろうば》は、見開いていた眼《め》を、いっそう大きくして、じっとその下人《げにん》の顔を見守った。まぶたの赤くなった、肉食鳥のような、鋭《するど》い眼で見たのである。それから、皺《しわ》で、ほとんど、鼻と一つになった唇《くちびる》を、何か物でも噛《か》んでいるように、動かした。細い喉《のど》で、尖《とが》った喉仏の動いているのが見える。その時、その喉から、鴉《からす》の啼《な》くような声が、喘《あえ》ぎ喘ぎ、下人の耳へ伝わってきた。

「この髪《かみ》を抜《ぬ》いてな、この髪を抜いてな、鬘《かつら》にしようと思うたのじゃ。」

下人は、老婆の答えが存外、平凡《へいぼん》なのに失望した。そうして失望すると同時に、また前の憎悪《ぞうお》が、冷ややかな侮蔑《ぶべつ》と一しょに、心の中へはいってきた。すると、その気色が、先方へも通じたのであろう。老婆は、片手に、まだ死《し》骸《がい》の頭から奪《と》った長い抜け毛を持ったなり、蟇《ひき》のつぶやくような声で、口ご

検非違使
都の秩序《ちつじょ》を司《つかさど》る警察官と裁判官を兼《か》ねた職。

喘ぎ喘ぎ
荒《あら》い息づかいでせわしく呼吸すること。

鬘
人の毛髪《もうはつ》で髪型《かみがた》をつくるもの。

もりながら、こんなことを言った。

「なるほどな、死人《しびと》の髪の毛を抜くということは、なんぼう悪いことかもしれぬ。じゃが、ここにいる死人どもは、皆《みな》、そのくらいなことを、されてもいい人間ばかりだぞよ。現に、わしが今、髪を抜いた女などはな、蛇《へび》を四寸ばかりずつに切って干したのを、干し魚だというて、太刀帯《たてわき》の陣《じん》へ売りに往《い》んだわ。疫病《えやみ》にかかって死ななんだら、今でも売りに往んでいたことであろ。それもよ、この女の売る干し魚は、味がよいというて、太刀帯どもが、欠かさず菜料に買っていたそうな。わしは、この女のしたことが悪いとは思うていぬ。せねば、饑《う》え死《じ》にをするのじゃて、しかたがなくしたことであろ。されば、今また、わしのしていたことも悪いこととは思わぬぞよ。これとてもやはりせねば、饑え死にをするじゃて、しかたがなくすることじゃわいの。じゃて、そのしかたがないことを、よく知っていたこの女は、おおかたわしのすることも大目に見てくれるであろ。」

　老婆は、だいたいこんな意味のことを言った。

　下人は、太刀《たち》を鞘《さや》におさめて、その太刀の柄《つか》を左の手でおさえながら、冷

髪を抜いた女　『今昔《こんじゃく》物語』巻三一第三一にある。
太刀帯　春宮坊《とうぐうぼう》（宮中）を警護する武術に優《すぐ》れた者たち。
陣　控《ひか》える場所。詰《つ》め所。

然として、この話を聞いていた。もちろん、右の手では、赤く頰《ほお》に膿《うみ》を持った大きなにきびを気にしながら、聞いているのである。しかし、これを聞いているうちに、下人《げにん》の心には、ある勇気が生まれてきた。それは、さっき門の下で、この男には欠けていた勇気である。そうして、またさっきこの門の上へ上がって、この老婆《ろうば》を捕《と》らえた時の勇気とは、全然、反対な方向に動こうとする勇気である。下人は、饑《う》え死《じ》にをするか盗人《ぬすびと》になるかに、迷わなかったばかりではない。その時の、この男の心もちからいえば、饑え死になどということは、ほとんど、考えることさえできないほど、意識の外に追い出されていた。

「きっと、そうか。」

老婆の話が完《おわ》ると、下人は嘲《あざけ》るような声で念を押《お》した。そうして、一足前へ出ると、不意に右の手をにきびから離《はな》して、老婆の襟上《えりがみ》をつかみながら、嚙《か》みつくようにこう言った。

「では、おれが引剝《ひはぎ》をしようと恨《うら》むまいな。おれもそうしなければ、饑え死にをする体なのだ。」

嘲る　ばかにして見下げること。

引剝　衣類や持ち物を奪《うば》うこと。おいはぎ。

下人は、すばやく、老婆の着物をはぎとった。それから、足にしがみつこうとする老婆を、手荒《てあら》く死骸《しがい》の上へ蹴倒《けたお》した。梯子《はしご》の口までは、わずかに五歩を数えるばかりである。下人は、はぎとった檜皮《ひわだ》色の着物をわきにかかえて、またたくまに急な梯子を夜の底へかけ下りた。

しばらく、死んだように倒れていた老婆が、死骸の中から、その裸《はだか》の体を起こしたのは、それからまもなくのことである。老婆は、つぶやくような、うめくような声をたてながら、まだ燃えている火の光をたよりに、梯子の口まで、這《は》って行った。そうして、そこから、短い白髪《しらが》を倒《さかさま》にして、門の下をのぞきこんだ。外には、ただ、黒洞々《こくとう》たる夜があるばかりである。

下人の行方《ゆくえ》は、誰《だれ》も知らない。

——四年九月——

黒洞々たる　ほらあなの底のように真っ暗な状態。

鼻

禅智内供《ぜんちないぐ》の鼻といえば、池《いけ》の尾《お》で知らない者はない。長さは五六寸あって、上唇《うわくちびる》の上からあごの下まで下がっている。形は元も先も同じように太い。いわば、細長い腸詰《ちょうづ》めのような物が、ぶらりと顔のまん中からぶら下がっているのである。

五十歳《さい》を越《こ》えた内供は、沙弥《しゃみ》の昔から内道場供奉《ないどうじょうぐぶ》の職にのぼった今日まで、内心では始終この鼻を苦に病《や》んできた。もちろん表面では、今でもさほど気にならないような顔をしてすましている。これは専念に当来の浄土《じょうど》を渇《かつ》仰《ごう》すべき僧侶《そうりょ》の身で、鼻の心配をするのが悪いと思ったからばかりではない。それよりむしろ、自分で鼻を気にしているということを、人に知られるのが嫌《いや》だったからである。内供は日常の談話の中に、鼻という語が出てくるのを何よりも惧《おそ》れていた。

内供が鼻をもてあました理由は二つある。——一つは実際的に、鼻の長いのが不便だったからである。だいいち飯を食うときにも独りでは食えない。独りで食えば、鼻の先が鋺《かなまり》の中の飯へとどいてしまう。そこで内供は弟子《でし》の一人を膳《ぜん》の向こうへ座《すわ》らせて、飯を食う間じゅう、広さ一寸長さ二尺ばかり

禅智内供
民部少輔行光《みんぶのしょうゆうゆきみつ》の子とされる。内供は内供奉《ないぐぶ》の略。智《ち》や徳を備えた十名の高僧《こうそう》のこと。

沙弥
出家して間もない修行《しゅぎょう》中の若い僧侶《そうりょ》。

内道場供奉
宮中で仏法を修行する所。資格を得た高僧。

当来の浄土
やがて訪《おとず》れる来世の悪徳のない仏・菩薩《ぼさつ》の世界。

鋺
金属製の椀《わん》。

の板で、鼻を持ち上げていてもらうことにした。しかしこうして飯を食うということは、持ち上げている弟子《でし》にとっても、持ち上げられている内供《ないぐ》にとっても、決して容易なことではない。一度この弟子の代わりをした中童子が、くさめをした拍子《ひょうし》に手がふるえて、鼻を粥《かゆ》の中へ落とした話は、当時京《きょう》都《と》まで喧伝《けんでん》された。——けれどもこれは内供にとって、決して鼻を苦に病《や》んだ重《おも》な理由ではない。内供は実にこの鼻によって傷つけられる自尊心のために苦しんだのである。

池《いけ》の尾《お》の町の者は、こういう鼻をしている禅智内供のために、内供の俗《ぞく》でないことを仕合わせだといった。あの鼻では誰《だれ》も妻になる女があるまいと思ったからである。なかにはまた、あの鼻だから出家したのだろうと批評する者さえあった。しかし内供は、自分が僧《そう》であるために、幾分《いくぶん》でもこの鼻に煩《わずら》わされることが少なくなったと思っていない。内供の自尊心は、妻帯というような結果的な事実に左右されるためには、あまりにデリケイトにできていたのである。そこで内供は、積極的にも消極的にも、この自尊心の毀損《きそん》を回復しようと試みた。

中童子
寺で召《め》し使う子供。年齢《ねんれい》で大中小に分ける。

喧伝
世間に言いはやされ、噂《うわさ》が流れること。

俗
僧侶《そうりょ》でない世間一般《いっぱん》の人。

毀損
壊《こわ》れ傷つけられること。

第一に内供の考えたのは、この長い鼻を実際以上に短く見せる方法である。これは人のいないときに、鏡へ向かって、いろいろな角度から顔を映しながら、熱心に工夫《くふう》を凝《こ》らしてみた。どうかすると、顔の位置を換《か》えるだけでは、安心ができなくなって、頬杖《ほおづえ》をついたりあごの先へ指をあてがったりして、根気よく鏡をのぞいてみることもあった。しかし自分でも満足するほど、鼻が短く見えたことは、これまでにただの一度もない。ときによると、苦心すればするほど、かえって長く見えるような気さえした。内供は、こういうときには、鏡を筥《はこ》へしまいながら、今更《いまさら》のようにため息をついて、不承不承にまた元の経机《きょうづくえ》へ観音経《かんのんぎょう》をよみに帰るのである。

それからまた内供は、絶えず人の鼻を気にしていた。池の尾の寺は、僧供《そうぐ》講説《こうせつ》などのしばしば行われる寺である。寺の内には、僧坊《そうぼう》が隙《すき》なく建て続いて、湯屋では寺の僧が日ごとに湯を沸《わ》かしている。したがってここへ出入《しゅつにゅう》する僧俗の類《たぐ》いも甚《はなは》だ多い。内供はこういう人々の顔を根気よく物色した。一人でも自分のような鼻のある人間を見つけて、安心がしたかったからである。だから内供の眼《め》には、紺《こん》の水干《すいかん》も白の帷子《かたびら》もはいらない。まして柑子《こうじ》色の帽《ぼう》

観音経　法華経《ほけきょう》の一部。菩薩《ぼさつ》が民《たみ》を救済した話を説く。

僧供　供養《くよう》のために僧に渡《わた》すもの。

講説　僧侶が法義を説くこと。

*水干　狩衣《かりぎぬ》の装束《しょうぞく》。古くは、民間の平常服。

帷子　絹や麻《あさ》の裏布地をつけないひとえのもの。

柑子色　みかん色。

子《し》や、椎鈍《しいにび》の法衣《ころも》なぞは、見慣れているだけに、有れども無きがごとくである。内供《ないぐ》は人を見ずに、ただ、鼻を見た。――しかし鍵鼻《かぎばな》はあっても、内供のような鼻は一つも見当たらない。その見当たらないことが度重《たび》なるに従って、内供の心はしだいにまた不快になった。内供が人と話しながら、思わずぶらりと下がっている鼻の先をつまんでみて、年甲斐《としがい》もなく顔を赤めたのは、全くこの不快に動かされての所為《しょい》である。

最後に、内供は、内典外典《げてん》の中に、自分と同じような鼻のある人物を見いだして、せめても幾分《いくぶん》の心やりにしようとさえ思ったことがある。けれども、目蓮《もくれん》や、舎利弗《しゃりほつ》の鼻が長かったとは、どの経文《きょうもん》にも書いてない。もちろん龍樹《りゅうじゅ》や馬鳴《めみょう》も、人並みの鼻を備えた菩薩《ぼさつ》である。内供は、震旦《しんたん》の話のついでに蜀漢《しょくかん》の劉玄徳《りゅうげんとく》の耳が長かったということを聞いた時に、それが鼻だったら、どのくらい自分は心細くなくなるだろうと思った。

内供がこういう消極的な苦心をしながらも、一方ではまた、積極的に鼻の短くなる方法を試みたことは、わざわざここにいうまでもない。内供はこの方面でも、ほとんどできるだけのことをした。烏瓜《からすうり》を煎《せん》じて飲んでみたこ

内典外典
内典は仏教の経《きょう》典《てん》、外典はそれ以外の書物。

目蓮
釈迦十弟子《しゃかでし》の一人。神通力を持つ。

舎利弗
釈迦十弟子の一人。智恵《ちえ》に優《すぐ》れる。

龍樹
大乗仏教唱導者。

馬鳴
大乗仏教の理論家。

震旦
中国の呼称《こしょう》。

蜀漢
中国の三国時代。

ともある、鼠《ねずみ》の尿《いばり》を鼻へなすってみたこともある。しかしなにをどうしても、鼻は依然《いぜん》として、五六寸の長さをぶらりと唇《くちびる》の上にぶら下げているではないか。

ところがある年の秋、内供の用を兼《か》ねて、京へ上った弟子《でし》の僧《そう》が、知己《しるべ》の医者から長い鼻を短くする法を教わっていた。その医者というのは、もと震旦から渡《わた》ってきた男で、当時は長楽寺《ちょうらくじ》の供僧《ぐそう》になっていたのである。

内供は、いつものように、鼻などは気にかけないというふうをして、わざとその法もすぐにやってみようとはいわずにいた。そうして一方では、気軽な口調で、食事のたびごとに、弟子の手数をかけるのが、心苦しいというようなことをいった。内心ではもちろん弟子の僧が、自分を説《と》き伏《ふ》せて、この法を試みさせるのを待っていたのである。弟子の僧にも、内供のこの策略がわからないはずはない。しかしそれに対する反感よりは、内供のそういう策略をとる心もちのほうが、より強くこの弟子の僧の同情を動かしたのであろう。弟子の僧は、内供の予期どおり、口をきわめて、この法を試みることを勧《すす》めだした。そうして、内供自身もまた、その予期どおり、結局この熱心な

劉玄徳　蜀漢の王劉備《りゅうび》。

長楽寺　京都市東山《ひがしやま》区にある延暦寺《えんりゃくじ》の別院。

供僧　本尊に供奉《ぐぶ》する僧侶《そうりょ》。

勧告《かんこく》に聴従《ちょうじゅう》することになった。

その法というのは、ただ、湯で鼻を茹《ゆ》でて、その鼻を人に踏《ふ》ませるという、きわめて簡単なものであった。

湯は寺の湯屋で、毎日沸《わ》かしている。そこで弟子《でし》の僧《そう》は、指も入れられないような熱い湯を、すぐに提《ひさげ》に入れて、湯屋から汲《く》んできた。しかしじかにこの提へ鼻を入れるとなると、湯気に吹《ふ》かれて顔を火傷《やけど》する惧《おそ》れがある。そこで折敷《おしき》へ穴をあけて、それを提の蓋《ふた》にして、その穴から鼻を湯の中へ入れることにした。鼻だけはこの熱い湯の中へ浸《ひた》しても、少しも熱くないのである。しばらくすると弟子の僧が言った。

――もう茹《う》だった時分でござろう。

内供《ないぐ》は苦笑《くしょう》した。これだけ聞いたのでは、誰《だれ》も鼻の話とは気がつかないだろうと思ったからである。鼻は熱湯に蒸《む》されて、蚤《のみ》の食ったようにむず痒《がゆ》い。

弟子の僧は、内供が折敷の穴から鼻をぬくと、そのまだ湯気の立っている鼻を、両足に力を入れながら、踏みはじめた。内供は横になって、鼻を床板《ゆかいた》の上へのばしながら、弟子の僧の足が上下に動くのを眼《め》の前に見ているので

提　銚子《ちょうし》の一種。銀・錫《すず》などで作られた小鍋《なべ》形の物。

折敷　四方に折りまわした縁《ふち》をつけたへぎ製の角盆《ぼん》。

ある。弟子の僧は、ときどき気の毒そうな顔をして、内供の禿《は》げ頭を見下ろしながら、こんなことを言った。

――痛《いと》うはござらぬかな。医師は責めて踏めと申したで。じゃが、痛うはござらぬかな。

内供は、首を振《ふ》って、痛くないという意味を示そうとした。ところが鼻を踏まれているので思うように首が動かない。そこで、上眼《うわめ》を使って、弟子の僧の足にあかぎれのきれているのを眺《なが》めながら、腹を立てたような声で、

――痛うはないて。

と答えた。実際鼻はむず痒いところを踏まれるので、痛いよりもかえって気もちのいいくらいだったのである。

しばらく踏んでいると、やがて、粟粒《あわつぶ》のようなものが、鼻へできはじめた。いわば毛をむしった小鳥をそっくり丸炙《まるや》きにしたような形である。弟子の僧はこれを見ると、足を止めて独り言のようにこう言った。

――これを鑷子《けぬき》でぬけと申すことでござった。

内供は、不足らしく頬《ほお》をふくらせて、黙《だま》って弟子の僧のするなりに任せて

鑷子　髪《かみ》・鼻毛・ひげ・とげ等を引き抜《ぬ》く鉄製の道具。

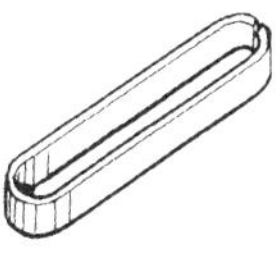

おいた。もちろん弟子《でし》の僧《そう》の親切がわからないわけではない。それはわかっても、自分の鼻をまるで物品のように取り扱《あつか》うのが、不愉快《ふゆかい》に思われたからである。内供《ないぐ》は、信用しない医者の手術をうける患者《かんじゃ》のような顔をして、不《ふ》承不承《しょうぶしょう》に弟子の僧が、鼻の毛穴から鑷子《けぬき》で脂《あぶら》をとるのを眺《なが》めていた。脂は、鳥の羽の茎《くき》のような形をして、四分ばかりの長さにぬけるのである。

やがてこれがひととおりすむと、弟子の僧は、ほっと一息ついたような顔をして、

――もう一度、これを茹《ゆ》でればようござる。

と言った。

内供はやはり、八の字をよせたまま不服らしい顔をして、弟子の僧の言うなりになっていた。

さて二度めに茹でた鼻を出してみると、なるほど、いつになく短くなっている。これではあたりまえの鍵鼻《かぎばな》とたいした変わりはない。内供はその短くなった鼻を撫《な》でながら、弟子の僧の出してくれる鏡を、きまりが悪そうにおずおずのぞいてみた。

不承不承　いやいやながら不本意に。

鼻は——あのあごの下まで下がっていた鼻は、ほとんど嘘《うそ》のように萎縮《いしゅく》して、今はわずかに上唇《うわくちびる》の上で意気地《いくじ》なく残喘《ざんぜん》を保っている。ところどころまだらに赤くなっているのは、恐《おそ》らく踏《ふ》まれた時の痕《あと》であろう。こうなれば、もう誰《たれ》もわらうものはないのにちがいない。——鏡の中にある内供の顔は、鏡の外にある内供の顔を見て、満足そうに眼《め》をしばたたいた。

しかし、その日はまだ一日、鼻がまた長くなりはしないかという不安があった。そこで内供は誦経《ずきょう》する時にも、食事をする時にも、暇《ひま》さえあれば手を出して、そっと鼻の先にさわってみた。が、鼻は行儀《ぎょうぎ》よく唇の上に納まっているだけで、格別それより下へぶら下がってくる気色もない。それから一晩寝《ね》て、あくる日早く眼がさめると内供はまず、第一に、自分の鼻を撫でてみた。鼻は依然《いぜん》として短い。内供はそこで、幾年《いくねん》にもなく、法華《ほけ》経《きょう》書写の功を積んだ時のような、のびのびした気分になった。

ところが二三日たつうちに、内供は意外な事実を発見した。それはおりから、用事があって、池《いけ》の尾《お》の寺を訪《おとず》れた侍《さむらい》が、前よりもいっそう可笑《おか》しそうな顔をして、話もろくろくせずに、じろじろ内供の鼻ばかり眺めていたこと

残喘　長くもない命。余命。残生。

誦経　経文を唱えること。

法華経　妙法蓮華経《みょうほうれんげきょう》の略。

書写の功　経文《きょうもん》を書き写し、功徳《くどく》を積むこと。

である。それのみならず、かつて、内供《ないぐ》の鼻を粥《かゆ》の中へ落としたことのある中童子なぞは、講堂の外で内供と行きちがった時に、始めは、下を向いて可笑《おか》しさをこらえていたが、とうとうこらえかねたとみえて、一度にふっと吹《ふ》き出してしまった。用を言いつかった下法師たちが、面と向かっている間だけは、慎《つつし》んで聞いていても、内供が後ろさえ向けば、すぐにくすくす笑いだしたのは、一度や二度のことではない。

内供は始め、これを自分の顔がわりがしたせいだと解釈《かいしゃく》した。しかしどうもこの解釈だけでは十分に説明がつかないようである。――もちろん、中童子や下法師がわらう原因は、そこにあるのにちがいない。けれども同じわらうにしても、鼻の長かった昔とは、わらうのにどことなく容子がちがう。見慣れた長い鼻より、見慣れない短い鼻のほうが滑稽《こっけい》に見えるといえば、それまでである。が、そこにはまだ何かあるらしい。

――前にはあのようにつけつけとはわらわなんだて。

内供は、誦《ず》しかけた経文《きょうもん》をやめて、禿《は》げ頭を傾《かたむ》けながら、ときどきこうつぶやくことがあった。愛すべき内供は、そういうときになると、必ずぼんやや

下法師　身分が低く高僧《こうそう》の雑役《ざつえき》に使われた妻帯する僧侶《そうりょ》。

り、傍《そば》にかけた普賢《ふげん》の画像を眺《なが》めながら、鼻の長かった四五日前のことを憶《おも》い出して、「今はむげにいやしくなりさがれる人の、さかえたる昔をしのぶがごとく」ふさぎこんでしまうのである。——内供には、遺憾《いかん》ながらこの問いに答えを与《あた》える明が欠けていた。

——人間の心には互《たが》いに矛盾《むじゅん》した二つの感情がある。もちろん、誰《たれ》でも他人の不幸に同情しない者はない。ところがその人がその不幸を、どうにかして切りぬけることができると、今度はこっちでなんとなくもの足りないような心もちがする。少し誇張《こちょう》していえば、もう一度その人を、同じ不幸に陥《おとしい》れてみたいような気にさえなる。そうしていつのまにか、消極的ではあるが、ある敵意をその人に対して抱《いだ》くようなことになる。——内供が、理由を知らないながらも、なんとなく不快に思ったのは、池《いけ》の尾《お》の僧俗《そうぞく》の態度に、この傍観者《ぼうかんしゃ》の利己主義をそれとなく感づいたからにほかならない。

そこで内供は日ごとに機嫌《きげん》が悪くなった。二言めには、誰《だれ》でも意地悪く叱《しか》りつける。しまいには鼻の療治《りょうじ》をしたあの弟子《でし》の僧でさえ、「内供は法慳貪《ほうけんどん》の罪を受けられるぞ。」と陰口《かげぐち》をきくほどになった。殊《こと》に内供をおこらせたの

普賢　普賢菩薩《ぼさつ》の略。白象に乗り、仏の右脇《わき》に侍《じ》する。

利己主義　エゴイズム。自分の利害だけ図《はか》る考え。

法慳貪　仏の教えに反して無慈悲《むじひ》で情け心のないこと。

は、例の悪戯《いたずら》な中童子である。ある日、けたたましく犬の吠《ほ》える声がするので、内供《ないぐ》がなにげなく外へ出てみると、中童子は、二尺ばかりの木の片《きれ》をふりまわして、毛の長い、やせた尨犬《むくいぬ》を逐《お》いまわしている。それもただ、逐いまわしているのではない。「鼻を打たれまい。それ、鼻を打たれまい。」と囃《はや》しながら逐いまわしているのである。内供は、中童子の手からその木の片をひったくって、したたかその顔を打った。木の片は以前の鼻持《はなも》上《た》げの木だったのである。

内供はなまじいに、鼻の短くなったのが、かえって恨《うら》めしくなった。

するとある夜のことである。日が暮れてから急に風が出たとみえて、塔《とう》の風鐸《ふうたく》の鳴る音が、うるさいほど枕《まくら》に通ってきた。そのうえ、寒さもめっきり加わったので、老年の内供は寝《ね》つこうとしても寝つかれない。そこで床《とこ》の中でまじまじしていると、ふと鼻がいつになく、むず痒《がゆ》いのに気がついた。手をあててみると少し水気《すいき》がきたようにむくんでいる。どうやらそこだけ、熱さえもあるらしい。

——無理に短《みじこ》うしたで、病が起こったのかもしれぬ。

なまじい　できないことを無理にすること。なまじっか。

風鐸　仏堂や塔の軒《のき》の四隅《よすみ》につるされた小さな鐘《かね》。

内供は、仏前に香花《こうげ》を供えるような恭《うやうや》しい手つきで、鼻を抑《おさ》えながら、こうつぶやいた。

翌朝、内供がいつものように早く眼《め》をさましてみると、寺内の銀杏《いちょう》や橡《とち》が、一晩のうちに葉を落としたので、庭は黄金《きん》を敷《し》いたように明るい。塔の屋根には霜《しも》が下りているせいであろう。まだうすい朝日に、九輪がまばゆく光っている。禅智内供は、蔀《しとみ》を上げた縁《えん》に立って、深く息をすいこんだ。

ほとんど、忘れようとしていたある感覚が、再び内供に帰ってきたのはこの時である。

内供は慌《あわ》てて鼻へ手をやった。手にさわるものは、昨夜《ゆうべ》の短い鼻ではない。上唇《うわくちびる》の上からあごの下まで、五六寸あまりもぶら下がっている、昔の長い鼻である。内供は鼻が一夜のうちに、また元のとおり長くなったのを知った。そうしてそれと同時に、鼻が短くなった時と同じような、はればれした心もちが、どこからともなく帰ってくるのを感じた。

——こうなれば、もう誰《だれ》もわらうものはないにちがいない。

内供は心の中でこう自分にささやいた。長い鼻をあけ方の秋風にぶらつか

香花　仏に供する香と花。

九輪　塔の頂にあり、九つの輪が重なる丸柱の装飾《そうしょく》。

蔀　格子《こうし》組みの裏に板を張り、光を遮《さえぎ》り風雨を防ぐ戸。

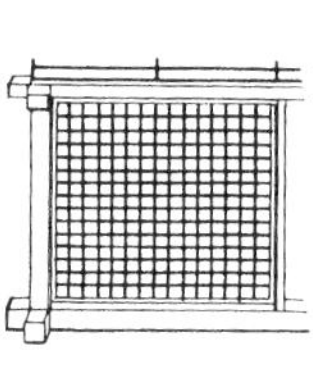

せながら。

——五年一月——

芋《いも》粥《がゆ》

元慶《がんきょう》の末か、仁和《にんな》の始めにあった話であろう。どちらにしても時代はさして、この話に大事な役を、勤めていない。読者はただ、平安朝という、遠い昔が背景になっているということを、知ってさえいてくれれば、よいのである。——そのころ、摂政藤原基経《せっしょうふじわらのもとつね》に仕えている侍《さむらい》の中に、某《なにがし》という五位《ごい》があった。

これも、某と書かずに、何の誰《だれ》と、ちゃんと姓名《せいめい》を明らかにしたいのであるが、あいにく旧記には、それが伝わっていない。恐《おそ》らくは、実際、伝わる資格がないほど、平凡《へいぼん》な男だったのであろう。いったい旧記の著者などという者は、平凡な人間や話に、あまり興味を持たなかったらしい。この点で、彼《かれ》らと、日本の自然派の作家とは、だいぶちがう。王朝時代の小説家は、存外、閑人《ひまじん》でない。——とにかく、摂政藤原基経に仕えている侍の中に、某という五位があった。これが、この話の主人公である。

五位は、風采《ふうさい》のはなはだ揚《あ》がらない男であった。だいいち背《せい》が低い。それから赤鼻で、眼尻《めじり》が下がっている。口髭《くちひげ》はもちろん薄《うす》い。頬《ほお》が、こけているから、あごが、人並みはずれて、細く見える。唇《くちびる》は——いちいち、数えたて

元慶　八七七～八八五年間の元号。
仁和　八八五～八八九年間の元号。
摂政藤原基経　陽成《ようぜい》朝の摂政を務め、政務を代行、宇多《うだ》天皇時代に初の関白となる。
五位　宮中に昇殿《しょうでん》できる最も低い位。

ていれば、際限はない。わが五位《ごい》の外貌《がいぼう》はそれほど、非凡《ひぼん》に、だらしなく、できあがっていたのである。

この男が、いつ、どうして、基経に仕えるようになったのか、それは誰《だれ》も知っていない。が、よほど以前から、同じような色の褪《さ》めた水干《すいかん》に、同じような萎《な》え萎えした烏帽子《えぼうし》をかけて、同じような役目を、飽《あ》きずに、毎日、繰《く》り返していることだけは、確かである。その結果であろう、今では、誰《たれ》が見ても、この男に若い時があったとは思われない。（五位は四十を越《こ》していた。）そのかわり、生まれた時から、あのとおり寒そうな赤鼻と、形ばかりの口髭《くちひげ》とを、朱雀大路《しゅじゃくおおじ》の衢風《ちまたかぜ》に、吹《ふ》かせていたという気がする。上は主人の基経から、下は牛飼いの童児まで、無意識ながら、ことごとくそう信じて疑う者がない。

こういう風采《ふうさい》を具《そな》えた男が、周囲から、受ける待遇《たいぐう》は、恐《おそ》らく書くまでもないことであろう。侍所《さぶらいどころ》にいる連中《れんじゅう》は、五位に対して、ほとんど蠅《はえ》ほどの注意も払《はら》わない。有位無位《ういむい》、あわせて二十人に近い下役さえ、彼《かれ》の出入りには、不思議なくらい、冷淡《れいたん》をきわめている。五位が何か言いつけても、決し

水干
25ページ注参照。

朱雀大路
都を南北に走る中央大通り。すざくおおじ。

侍所
侍《さむらい》たちの詰め所。

て彼らどうしの雑談をやめたことはない。彼らにとっては、空気の存在が見えないように、五位の存在も、眼《め》を遮《さえぎ》らないのであろう。下役でさえそうだとすれば、別当《べっとう》とか、侍所の司《つかさ》とかいう上役たちが、頭から彼を相手にしないのは、むしろ自然の数である。彼らは、五位に対すると、ほとんど、子供らしい無意味な悪意を、冷然とした表情の後ろに隠《かく》して、何を言うのでも、手真似《てまね》だけで、用を足した。人間に言語があるのは、偶然《ぐうぜん》ではない。したがって、彼らも手真似では、用を弁じないことが、ときどきある。が、彼らは、それを全然五位の悟性《ごせい》に、欠陥《けっかん》があるからだと、思っているらしい。そこで彼らは用が足りないと、この男の歪《ゆが》んだ揉烏帽子《もみえぼうし》の先から、切れかかった藁草履《わらぞうり》の尻《しり》まで、まんべんなく、見上げたり、見下ろしたりして、それから、鼻でわらいながら、急に後ろを向いてしまう。それでも、五位は、腹を立てたことがない。彼は、一切《いっさい》の不正を、不正として感じないほど、意気地《いくじ》のない、臆病《おくびょう》な人間だったのである。

ところが、同僚《どうりょう》の侍《さむらい》たちになると、すすんで、彼を翻弄《ほんろう》しようとした。年かさの同僚が、彼の振《ふ》るわない風采を材料にして、古い洒落《しゃれ》を聞かせようと

別当
政務を司る長官。

悟性
広い意味の思考能力。

揉烏帽子
7ページ注参照。

するごとく、年下の同僚《どうりょう》も、またそれを機会にして、いわゆる興言利口《きょうげんりこう》の練習をしようとしたからである。彼《かれ》らは、この五位《ごい》の面前で、その鼻と口髭《くちひげ》と、烏帽子《えぼうし》と水干《すいかん》とを、品隲《ひんしつ》して飽《あ》きることを知らなかった。そればかりではない。彼が五六年前に別れたうけ唇《くち》の女房《にょうぼう》と、その女房と関係があったという酒のみの法師とも、しばしば彼らの話題になった。

　そのうえ、どうかすると、彼らははなはだ、性質《たち》の悪い悪戯《いたずら》さえする。それを今いちいち、列記することはできない。が、彼の篠枝《ささえ》の酒を飲んで、あとへ尿《いばり》を入れておいたということを書けば、そのほかはおよそ、想像されることだろうと思う。

　しかし、五位はこれらの揶揄《やゆ》に対して、全然無感覚であった。少なくも、わき眼《め》には、無感覚であるらしく思われた。彼は何を言われても、顔の色さえ変えたことがない。黙《だま》って例の薄《うす》い口髭を撫《な》でながら、するだけのことをしてすましている。ただ、同僚の悪戯が、高じすぎて、髷《まげ》に紙切れをくつけたり、太刀《たち》の鞘《さや》に草履《ぞうり》を結びつけたりすると、彼は笑うのか、泣くのか、わからないような笑顔《えがお》をして、「いけぬのう、お身たちは。」と言う。その顔を

興言利口　即興《そっきょう》の巧《たく》みな言葉。

品隲　品定めをすること。

篠枝の酒　竹の筒《つつ》の中に入れた酒。

揶揄　からかうこと。

見、その声を聞いた者は、誰《たれ》でも一時あるいじらしさに打たれてしまう。（彼らにいじめられるのは、ひとり、この赤鼻の五位だけではない、彼らの知らない誰《だれ》かが——多数の誰かが、彼の顔と声とを借りて、彼らの無情を責めている。）——そういう気が、おぼろげながら、彼らの心に、一瞬《いっしゅん》の間、しみこんでくるからである。その時の心もちを、いつまでも持ち続ける者ははなはだ少ない。その少ない中の一人に、ある無位の侍《さむらい》があった。これは丹波《たんば》の国から来た男で、まだ柔《やわ》らかい口髭が、やっと鼻の下に、生えかかったくらいの青年である。もちろん、この男も始めは皆《みな》と一しょに、なんの理由もなく、赤鼻の五位を軽蔑《けいべつ》した。ところが、ある日なにかのおりに、「いけぬのう、お身たちは。」という声を聞いてからは、どうしても、それが頭を離《はな》れない。それ以来、この男の眼にだけは、五位が全く別人として、映るようになった。営養の不足した、血色の悪い、間のぬけた五位の顔にも、世間の迫《はく》害《がい》にべそをかいた、「人間」がのぞいているからである。この無位の侍には、五位のことを考えるたびに、世の中のすべてが、急に、本来の下等さを露《あらわ》すように思われた。そうしてそれと同時に霜《しも》げた赤鼻と、数えるほどの口髭と

丹波の国　現在の京都府北部から兵庫《ひょうご》県北部一帯。

が、なんとなく一味の慰安《いあん》を自分の心に伝えてくれるように思われた。……
しかし、それは、ただこの男一人に、限ったことである。こういう例外を除けば、五位《ごい》は、依然《いぜん》として周囲の軽蔑《けいべつ》の中に、犬のような生活を続けていかなければならなかった。だいいち彼《かれ》には着物らしい着物が一つもない。青《あお》鈍《にび》の水干《すいかん》と、同じ色の指貫《さしぬき》とが一つずつあるが、今ではそれが上白《うわじろ》んで、藍《あい》とも紺《こん》とも、つかないような色に、なっている。水干はそれでも、肩《かた》が少し落ちて、丸組みの緒《お》や菊綴《きくとじ》の色が怪《あや》しくなっているだけだが、指貫になると、裾《すそ》のあたりのいたみ方が、ひととおりでない。その指貫の中から、下の袴《はかま》もはかない、細い足が出ているのを見ると、口の悪い同僚《どうりょう》でなくとも、やせ公《く》卿《げ》の車を牽《ひ》いている、やせ牛の歩みを見るような、みすぼらしい心もちがする。それに佩《は》いている太刀《たち》も、すこぶるおぼつかない物で、柄《つか》の金具もいかがわしければ、黒鞘《くろざや》の塗《ぬ》りもはげかかっている。これが例の赤鼻で、だらしなく草履《ぞうり》をひきずりながら、ただでさえ猫背《ねこぜ》なのを、いっそう寒空の下に背ぐくまって、もの欲《ほ》しそうに、左右を眺《なが》め眺め、きざみ足に歩くのだから、通りがかりの物売りまで莫迦《ばか》にするのも、無理はない。現に、こういうこと

青鈍
青と紺《こん》の中間色。薄《うす》い藍《あい》色。

指貫
衣冠《いかん》・狩衣《かりぎぬ》・直衣《のうし》などに着ける袴《はかま》。

丸組みの緒
襟《えり》もとから前に結ぶ飾《かざ》りの紐《ひも》。

菊綴
身衣《みごろ》の縫《ぬ》い目に綴《と》じつけた菊花《きっか》状の飾り。

さえあった。……

ある日、五位が三条坊門《さんじょうぼうもん》を神泉苑《しんぜんえん》の方へ行く所で、子供が六七人、路《みち》ばたに集まって何かしているのを見たことがある。「こまつぶり」でも、回しているのかと思って、後ろからのぞいてみると、どこかから迷って来た、尨犬《むくいぬ》の首へ縄《なわ》をつけて、打ったり殴《たた》いたりしているのであった。臆病《おくびょう》な五位は、これまで何かに同情を寄せることがあっても、あたりへ気を兼《か》ねて、まだ一度もそれを行為《こうい》に現したことがない。が、この時だけは相手が子供だというので、幾分《いくぶん》か勇気が出た。そこでできるだけ、笑顔《えがお》をつくりながら、年かさらしい子供の肩をたたいて、「もう、堪忍《かんにん》してやりなされ。犬も打たれれば、痛いでのう。」と声をかけた。するとその子供はふりかえりながら、上眼《うわめ》を使って、蔑《さげす》むように、じろじろ五位の姿を見た。いわば侍所《さぶらいどころ》の別当《べっとう》が用の通じない時に、この男を見るような顔をして、見たのである。「いらぬ世話はやかれとうもない。」その子供は一足下がりながら、高慢《こうまん》な唇《くちびる》を反らせて、こう言った。「なんじゃ、この鼻赤めが。」五位は、この語が自分の顔を打ったように感じた。が、それは悪態をつかれて、腹が立ったからでは毛頭ない。言わな

三条坊門　二条通りと三条通りの間の東西にわたる小路。

神泉苑　平安京大内裏《だいだいり》造営の際に造られた南側の御苑《ぎょえん》。

こまつぶり　こま（独楽）の古い呼び方。

くともいいことを言って、恥《はじ》をかいた自分が、情けなくなったからである。彼《かれ》は、きまりが悪いのを苦しい笑顔《えがお》に隠《かく》しながら、黙《だま》って、また、神泉苑《しんぜんえん》の方へ歩きだした。あとでは、子供が、六七人、肩《かた》を寄せて、「べっかっこう」をしたり、舌を出したりしている。もちろん彼はそんなことを知らない。知っていたにしても、それが、この意気地《いくじ》のない五位《ごい》にとって、なんであろう。

……………

では、この話の主人公は、ただ、軽蔑《けいべつ》されるためにのみ生まれてきた人間で、別になんの希望も持っていないかというと、そうでもない。五位は五六年前から芋粥《いもがゆ》というものに、異常な執着《しゅうちゃく》を持っている。芋粥とは山の芋を中に切り込《こ》んで、それを甘葛《あまずら》の汁《しる》で煮《に》た、粥のことをいうのである。当時はこれが、無上の佳味《かみ》として、上は万乗《ばんじょう》の君の食膳《しょくぜん》にさえ、上《のぼ》せられた。したがって、わが五位のごとき人間の口へは、年に一度、臨時の客のおりにしか、はいらない。その時でさえ飲めるのは、わずかに喉《のど》をうるおすに足るほどの少量である。そこで芋粥を飽《あ》きるほど飲んでみたいということが、久しい前から、彼の唯一《ゆいいつ》の欲望になっていた。もちろん、彼は、それを誰《たれ》にも話した

べっかっこう
幼児らがする「あかんべえ」の別の呼び方。

甘葛の汁
今のアマチャヅルを煮《に》たてた甘味料《かんみりょう》。

万乗の君
天皇。

臨時の客
正月二日、摂関《せっかん》家が大臣たちを招いて行う宴《えん》。

ことがない。いや彼自身さえ、それが、彼の一生を貫《つらぬ》いている欲望だとは、明白に意識しなかったことであろう。が事実は、彼がそのために、生きているといっても、差し支《つか》えないほどであった。――人間は、ときとして、充《み》たされるか、充たされないか、わからない欲望のために、一生を捧《ささ》げてしまう。その愚《ぐ》をわらう者は、畢竟《ひっきょう》、人生に対する路傍《ろぼう》の人にすぎない。

しかし、五位が夢想していた、「芋粥に飽かん」ことは、存外容易に事実となって現れた。その始終を書こうというのが、芋粥の話の目的なのである。

ある年の正月二日、基経《もとつね》の第に、いわゆる臨時の客があった時のことである。（臨時の客は二宮《にぐう》の大饗《だいきょう》と同日に摂政関白《せっしょうかんぱく》家が、大臣《だいじん》以下の上達部《かんだちめ》を招いて、催《もよお》す饗宴《きょうえん》で、大饗と別に変わりがない。）五位も、ほかの侍《さむらい》たちにまじって、その残肴《ざんこう》の相伴《しょうばん》をした。当時はまだ、取り食《ば》みの習慣がなくて、残肴は、その家の侍が一堂に集まって、食うことになっていたからである。

第
邸宅《ていたく》。

二宮の大饗
正月二日に東宮《とうぐう》と中宮《ちゅうぐう》を参拝した公卿《くぎょう》が賜《たまわ》る宴。

上達部
三位以上の公卿の別名。

取り食み
宴の残り物を庭に投げ、鳥などに食わせる。

もっとも、大饗《だいきょう》に比《ひと》しいといっても昔のことだから、品数の多いわりにろくな物はない、餅《もち》、伏菟《ふと》、蒸鮑《むしあわび》、干鳥《ほしどり》、宇治《うじ》の氷魚《ひうお》、近江《おうみ》の鮒《ふな》、鯛《たい》の楚割《すわやり》、鮭《さけ》の内子《こごもり》、焼蛸《やきだこ》、大海老《えび》、大柑子《こうじ》、小柑子、橘《たちばな》、串柿《くしがき》などの類《たぐ》いである。ただ、その中に、例の芋粥《いもがゆ》があった。五位《ごい》は毎年、この芋粥を楽しみにしている。が、いつも人数が多いので、自分が飲めるのは、いくらもない。それが今年は、特に、少なかった。そうして気のせいか、いつもより、よほど味がいい。そこで、彼《かれ》は飲んでしまったあとの椀《わん》をしげしげと眺《なが》めながら、うすい口髭《くちひげ》についている滴《しずく》を、掌《てのひら》で拭《ふ》いて誰《だれ》に言うともなく、「いつになったら、これに飽《あ》けることかのう。」と、こう言った。

「大夫殿《たいふどの》は、芋粥に飽かれたことがないそうな。」

五位の語が完《おわ》らないうちに、誰かが、嘲笑《あざわら》った。錆《さび》のある、鷹揚《おうよう》な、武人らしい声である。五位は、猫背《ねこぜ》の首を挙げて、臆病《おくびょう》らしく、その人の方を見た。声の主は、そのころ、同じ基経の恪勤《かくごん》になっていた、民部卿《みんぶきょう》時長《ときなが》の子藤《ふじ》原利仁《わらとしひと》である。肩幅《かたはば》の広い、身長《みのたけ》の群を抜《ぬ》いた逞《たくま》しい大男で、これは、煠栗《やきぐり》を嚙《か》みながら、黒酒《くろき》の杯《さかずき》を重ねていた。もうだいぶ酔《よ》いがまわっているらし

伏菟　油で揚《あ》げた餅《もち》。

楚割　魚を塩干しし細かく削《けず》ったもの。

内子　塩引き鮭《さけ》の腹に、塩漬《づ》けのすじこを入れたもの。

恪勤　院・親王・大臣・摂関《せっかん》家に勤める侍《さむらい》。

民部卿　戸籍《こせき》や租税《そぜい》を掌《つかさど》る役所の長官。

黒酒の杯　白酒にクサギの焼灰《やきばい》を入れて黒く色づけした酒。

い。

「お気の毒なことじゃ。」利仁は、五位が顔を挙げたのを見ると、軽蔑《けいべつ》と憐憫《れんびん》とを一つにしたような声で、語《ことば》を継《つ》いだ。「お望みなら、利仁がお飽かせ申そう。」

始終、いじめられている犬は、たまに肉をもらっても容易によりつかない。五位は、例の笑うのか、泣くのか、わからないような笑顔《えがお》をして、利仁の顔と、からの椀とを、等分に見比べていた。

「おいやかな。」

「……。」

「どうじゃ。」

「……。」

五位は、その中《うち》に、衆人の視線が、自分の上に、集まっているのを感じだした。答え方一つで、また、一同の嘲弄《ちょうろう》を、受けなければならない。あるいは、どう答えても、結局、莫迦《ばか》にされそうな気さえする。彼は躊躇《ちゅうちょ》した。もし、その時に、相手が、少しめんどうくさそうな声で、「おいやなら、たってとは申すまい。」と言わなかったなら、五位《ごい》は、いつまでも、椀《わん》と利仁とを、見比べていたことであろう。

　彼《かれ》は、それを聞くと、慌《あわ》ただしく答えた。

「いや……かたじけのうござる。」

　この問答を聞いていた者は、皆《みな》、一時に、失笑《しっしょう》した。「いや、かたじけのうござる。」――こう言って、五位の答えを、真似《まね》る者さえある。いわゆる、橙《とう》黄橘紅《こうきっこう》を盛った、窪杯《くぼつき》や高杯《たかつき》の上に、多くの揉烏帽子《もみえぼうし》や立烏帽子《たてえぼうし》が、笑い声とともにひとしきり、波のように動いた。なかでも、最も、大きな声で、機《き》嫌《げん》よく、笑ったのは、利仁自身である。

「では、そのうちに、お誘《さそ》い申そう。」そう言いながら、彼は、ちょいと顔をしかめた。こみ上げてくる笑いと今、飲んだ酒とが、喉《のど》で一つになったからである。「……しかと、よろしいな。」

「かたじけのうござる。」

　五位は赤くなって、吃《ども》りながら、また、前の答えを繰《く》り返した。一同が今度も、笑ったのは、いうまでもない。それが言わせたさに、わざわざ念を押《お》

橙黄橘紅
黄みがかった橙《だいだい》と赤みを帯びた蜜柑《みかん》の類。

窪杯
柏《かしわ》の葉を竹で綴《つづ》り合わせ、中を窪《くぼ》ませた器《うつわ》。

高杯
食物を盛る脚《あし》つきの台。

した当の利仁にいたっては、前よりもいっそう可笑《おか》しそうに広い肩《かた》をゆすって、哄笑《こうしょう》した。この朔北《さくほく》の野人《やじん》は、生活の方法を二つしか心得ていない。一つは酒を飲むことで、他の一つは笑うことである。

しかし幸いに談話の中心は、ほどなく、この二人を離《はな》れてしまった。これはことによると、ほかの連中が、たとい嘲弄《ちょうろう》にしろ、一同の注意をこの赤鼻の五位に集中させるのが、不快だったからかもしれない、とにかく、談柄《だんぺい》はそれからそれへと移って、酒も肴《さかな》も残り少なになった時分には、某《なにがし》という侍《さむらい》学生《がくしょう》が、行縢《むかばき》の片皮へ、両足を入れて馬に乗ろうとした話が、一座の興味を集めていた。が、五位だけは、まるでほかの話が聞こえないらしい。恐《おそ》らく芋粥《いもがゆ》の二字が、彼のすべての思量を支配しているからであろう。前に雉《きぎ》子《す》の炙《や》いたのがあっても、箸《はし》をつけない。黒酒《くろき》の杯《さかずき》があっても、口を触《ふ》れない。彼は、ただ、両手を膝《ひざ》の上へ置いて、見合いをする娘《むすめ》のように、霜《しも》に犯《おか》されかかった鬢《びん》のあたりまで、初心らしく上気しながら、いつまでもからになった黒塗《くろぬ》りの椀を見つめて、たあいもなく、微笑《びしょう》しているのである。……

朔北　利仁は敦賀《つるが》（現在の福井《ふくい》県）に住んでいた。

行縢　腰《こし》から足にかけて覆《おお》う乗馬用の毛皮の着衣。

鬢　左右両側の髪《かみ》の毛。

それから、四五日たった日の午前、加茂《かも》川の河原に沿って、粟田口《あわたぐち》へ通う街道《かいどう》を、静かに馬を進めてゆく二人の男があった。一人は、濃《こ》い縹《はなだ》の狩衣《かりぎぬ》に同じ色の袴《はかま》をして、打ち出しの太刀《たち》を佩《は》いた、「鬚黒《ひげ》く鬢《びん》ぐきよき」男である。もう一人は、みすぼらしい青鈍《あおにび》の水干《すいかん》に、薄綿《うすわた》の衣《きぬ》を二つばかり重ねて着た、四十恰好《かっこう》の侍《さむらい》で、これは、帯のむすび方のだらしのない容子といい、赤鼻で、しかも穴のあたりが、洟《はな》にぬれている容子といい、身のまわり万端《ばんたん》のみすぼらしいことおびただしい。もっとも、馬は二人とも、前のは月毛、後のは蘆《あし》毛《げ》の三歳駒《さいごま》で、道をゆく物売りや侍も、振《ふ》り向いて見るほどの駿足《しゅんそく》である。そのあとからまた二人、馬の歩みに遅《おく》れまいとして随《つ》いていくのは、調度掛《ちょうどかけ》と舎人《とねり》とに相違《そうい》ない。——これが、利仁《としひと》と五位《ごい》との一行であることは、わざわざ、ここに断るまでもない話であろう。

冬とはいいながら、もの静かに晴れた日で、白けた河原の石の間、潺湲《せんかん》た

粟田口　東《ひがし》山《やま》区三条《さんじょう》から逢坂山《おうさかやま》へ出る街道《かいどう》の出入り口。

縹　薄《うす》い藍《あい》色。はなだ色。

月毛・蘆毛　月毛も蘆毛も馬の毛並みをさす。

調度掛と舎人　主人に付き従い雑用をする者たちの身分をさす。

潺湲　水が流れ出る様子や水音。

る水の辺《ほとり》に立ち枯《か》れている蓬《よもぎ》の葉を、ゆするほどの風もない。川に臨《のぞ》んだ背の低い柳《やなぎ》は、葉のない枝に飴《あめ》のごとく、滑《なめ》らかな日の光をうけて、梢《こずえ》にいる鶺鴒《せきれい》の尾《お》を動かすのさえ、鮮《あざ》やかにそれと、影《かげ》を街道に落としている。東山《ひがしやま》の暗い緑の上に、霜《しも》に焦《こ》げた天鵞絨《ビロウド》のような肩《かた》を、まるまると出しているのは、おおかた、比叡《ひえい》の山であろう。二人は、その中に鞍《くら》の螺鈿《らでん》を、まばゆく日にきらめかせながら、鞭《むち》をも加えず悠《ゆう》々と、粟田口を指して行くのである。

「どこでござるかな、手前をつれていって、やろうと仰《おお》せられるのは。」五位が馴《な》れない手に手綱《たづな》をかいくりながら、言った。

「すぐ、そこじゃ。お案じになるほど遠はない。」

「すると、粟田口辺でござるかな。」

「まず、そう思われたがよろしかろう。」

利仁は今朝五位を誘《さそ》うのに、東山の近くに湯の湧《わ》いている所があるから、そこへ行こうと言って出てきたのである。赤鼻の五位は、それを真にうけた。久しく湯にはいらないので、体じゅうがこのあいだからむず痒《かゆ》い。芋粥《いもがゆ》の馳《ち》走《そう》になったうえに、入湯ができれば、願ってもない仕合わせである。こう

螺鈿　真珠《しんじゅ》光を放つ貝《かい》殻《から》の薄片《はくへん》を細工して装飾《そうしょく》した物。

思って、あらかじめ利仁が牽《ひ》かせてきた、蘆毛《あしげ》の馬に跨《また》がった。ところが、轡《くつわ》を並べて、ここまで来てみると、どうも利仁はこの近所へ来るつもりではないらしい。現にそうこうしているうちに、粟田口《あわたぐち》は通りすぎた。

「粟田口ではござらぬのう。」

「いかにも、もそっと、あなたでな。」

利仁は、微笑《びしょう》を含《ふく》みながら、わざと、五位《ごい》の顔を見ないようにして、静かに馬を歩ませている。両側の人家は、しだいに稀《まれ》になって、今は、広々とした冬田の上に、餌《えさ》をあさる鴉《からす》が見えるばかり、山の陰《かげ》に消え残って雪の色も、仄《ほの》かに青く煙《けむ》っている。晴れながら、とげとげしい櫨《はじ》の梢《こずえ》が、眼《め》に痛く空を刺《さ》しているのさえ、なんとなく肌《はだ》寒い。

「では、山科辺《やましな》ででもござるかな。」

「山科は、これじゃ。もそっと、さきでござるよ。」

なるほど、そういううちに、山科も通りすぎた。それどころではない。なにかとするうちに、関山《せきやま》もあとにして、かれこれ、午《ひる》少しすぎた時分には、とうとう三井寺《みいでら》の前へ来た。三井寺には、利仁の懇意《こんい》にしている僧《そう》がある。

山科辺　京都と大津《おおつ》の中間。
関山　逢坂山《おうさかやま》をさす。
三井寺　大津市にある園《おん》城寺《じょうじ》の通称《つうしょう》。

二人はその僧を訪ねて、午餐《ひるげ》の馳走《ちそう》になった。それがすむと、また、馬に乗って、途《みち》を急ぐ。行く手は今まで来た路《みち》に比べると遥《はる》かに人煙《じんえん》が少ない。殊《こと》に当時は盗賊《とうぞく》が四方に横行した、物騒《ぶっそう》な時代である。——五位は猫背《ねこぜ》をいっそう低くしながら、利仁の顔を見上げるようにして訊《たず》ねた。

「まだ、さきでござるのう。」

利仁は微笑した。悪戯《いたずら》をして、それを見つけられそうになった子供が、年長者に向かってするような微笑である。鼻の先へよせた皺《しわ》と、眼尻《めじり》にたたえた筋肉のたるみとが、笑ってしまおうか、しまうまいかとためらっているらしい。そうして、とうとう、こう言った。

「実はな、敦賀《つるが》まで、お連れ申そうと思うたのじゃ。」笑いながら、利仁は鞭《むち》を挙げて遠くの空を指さした。その鞭の下には、的皪《てきれき》として、午後の日を受けた近江《おうみ》の湖が光っている。

五位は、狼狽《ろうばい》した。

「敦賀と申すと、あの越前《えちぜん》の敦賀でござるかな。あの越前の——」

利仁が、敦賀の人、藤原有仁《ふじわらのありひと》の女婿《じょせい》になってから、多くは敦賀に住んでい

的皪　白く鮮《あざ》やかに光輝《かがや》く様子。
近江の湖　滋賀《しが》県の琵琶湖《びわこ》。

るということも、日ごろから聞いていないことはない。が、その敦賀《つるが》まで自分をつれていく気だろうとは、今の今まで思わなかった。だいいち、幾多《いくた》の山河を隔《へだ》てている越前《えちぜん》の国へ、このとおり、わずか二人の伴人《ともびと》をつれただけで、どうして無事に行かれよう。ましてこのごろは、往来の旅人が、盗賊《とうぞく》のために殺されたという噂《うわさ》さえ、諸方にある。――五位《ごい》は嘆願《たんがん》するように、利仁の顔を見た。

「それはまた、滅相《めっそう》な、東山《ひがしやま》じゃと心得れば、山科《やましな》。山科じゃと心得れば、三井寺《みいでら》。あげくが越前の敦賀とは、いったいどうしたということでござる。始めから、そう仰《おお》せられようなら、下人《げにん》どもなりと、召《め》しつれようものを。――敦賀とは、滅相な。」

五位は、ほとんどべそをかかないばかりになって、つぶやいた。もし「芋《いも》粥《がゆ》に飽《あ》かん」ことが、彼《かれ》の勇気を鼓舞《こぶ》しなかったとしたら、彼は恐《おそ》らく、そこから別れて、京都《きょうと》へ独り帰ってきたことであろう。

「利仁が一人おるのは、千人ともお思いなされ。路次《ろじ》の心配は、ご無用じゃ。」

五位の狼狽《ろうばい》するのを見ると、利仁は、少し眉《まゆ》をひそめながら、嘲笑《あざわら》った。そうして調度掛《ちょうどかけ》を呼び寄せて、持たせてきた壺胡簶《つぼやなぐい》を背に負うと、やはり、その手から、黒漆《こくしつ》の真弓をうけ取って、それを鞍上《あんじょう》に横たえながら、先に立って、馬を進めた。こうなる以上、意気地《いくじ》のない五位は、利仁の意志に盲《もう》従《じゅう》するよりほかにしかたがない。そこで、彼は心細そうに、荒涼《こうりょう》とした周囲の原野を眺《なが》めながら、うろ覚えの観音経《かんのんぎょう》を口の中に念じ念じ、例の赤鼻を鞍《くら》の前輪《まえわ》にすりつけるようにして、おぼつかない馬の歩みを、あい変わらずとぼとぼと進めていった。

　馬蹄《ばてい》の反響《はんきょう》する野は、茫《ぼう》々たる黄茅《こうぼう》におおわれて、そのところどころにある行潦《みずたまり》も、つめたく、青空を映したまま、この冬の午後を、いつかそれなり凍《こお》ってしまうかと疑われる。その涯《はて》には、一帯の山脈が、日に背《そむ》いているせいか、かがやくべき残雪の光もなく、紫《むらさき》がかった暗い色を、長々となすっているが、それさえ蕭条《しょうじょう》たる幾叢《いくむら》の枯《か》れ薄《すすき》に遮《さえぎ》られて、二人の従者の眼《め》には、はいらないことが多い。――すると、利仁が、突然《とつぜん》、五位の方をふりむいて、声をかけた。

壺胡簶
矢を入れて背負う筒《つつ》形の入れ物。

黄茅
黄色に立ち枯《か》れた原野に生息するチガヤ。イネ科の多年草。

蕭条
しめやかで、もの寂《さび》しい様子。

「あれに、よい使者が参った。敦賀《つるが》への言づけを申そう。」

五位《ごい》は利仁の言う意味が、よくわからないので、怖々《こわごわ》ながら、その弓で指さす方を、眺《なが》めてみた。もとより人の姿が見えるような所ではない。ただ、野葡萄《のぶどう》か何かの蔓《つる》が、灌木《かんぼく》の一むらにからみついている中を、一疋《ぴき》の狐《きつね》が、暖かな毛の色を、傾《かたむ》きかけた日に曝《さら》しながら、のそりのそり歩いていく。

――と思ううちに、狐は、慌《あわ》ただしく身を跳《おど》らせて、一散に、どこともなく走りだした。利仁が急に、鞭《むち》を鳴らせて、その方へ馬を飛ばし始めたからである。五位も、われを忘れて、利仁のあとを、逐《お》った。従者ももちろん、遅《おく》れてはいられない。しばらくは、石を蹴《け》る馬蹄《ばてい》の音が、戞々《かつかつ》として、曠野《ひろの》の静けさを破っていたが、やがて利仁が、馬を止めたのを見ると、いつ、捕《と》らえたのか、もう狐の後足をつかんで、倒《さかさま》に、鞍《くら》の側《わき》へ、ぶら下げている。狐が、走れなくなるまで、追いつめたところで、それを馬の下に敷《し》いて、手取りにしたものであろう。五位は、うすい髭《ひげ》にたまる汗《あせ》を、慌ただしく拭《ふ》きながら、ようやく、その傍《そば》へ馬を乗りつけた。

「これ、狐、よう聞けよ。」利仁は、狐を高く眼《め》の前へつるし上げながら、わ

戞々
馬の蹄《ひづめ》の音が高らかに鳴ること。
金石がぶつかること。

ざとものものしい声を出してこう言った。「そのほう、今夜のうちに、敦賀の利仁が館《やかた》へ参って、こう申せ。『利仁は、ただ今にわかに客人を具して下ろうとするところじゃ。明日《みょうにち》、巳《み》の時ごろ、高島《たかしま》の辺《ほとり》まで、男たちを迎《むか》いに遣《つか》わし、それに、鞍置き馬二疋、牽《ひ》かせてまいれ。』よいか忘れるなよ。」

言いおわるとともに、利仁は、一ふり振《ふ》って狐を、遠くの叢《くさむら》の中へ、ほうり出した。

「いや、走るわ。走るわ。」

やっと、追いついた二人の従者は、逃《に》げてゆく狐の行方《ゆくえ》を眺めながら、手を拍《う》って囃《はや》したてた。落ち葉のような色をしたその獣《けもの》の背は、夕日の中を、まっしぐらに、木の根石くれのきらいなく、どこまでも、走っていく。それが一行の立っている所から、手にとるようによく見えた。狐を追っているうちに、いつか彼《かれ》らは、曠野が緩《ゆる》い斜面《しゃめん》を作って、水の涸《か》れた川床《かわどこ》と一つになる、そのちょうど上の所へ、出ていたからである。

「広量のお使いでござるのう。」

五位は、ナイイヴな尊敬と賛嘆《さんたん》とを洩《も》らしながら、この狐さえ頤使《いし》する野

巳の時ごろ
午前十時ごろ。

高島
滋賀《しが》県高島郡高島町。三井寺から約二十一キロメートル。

広量
荒涼《こうりょう》とも書く。頼《たよ》りなく不確かなこと。

ナイイヴ
naive（英）。素朴《そぼく》、純朴、うぶなこと。

頤使
あごで指図するように、意のままに使うこと。

育ちの武人の顔を、今更《いまさら》のように、仰《あお》いで見た。自分と利仁との間に、どれほどの懸隔《けんかく》があるか、そんなことは、考える暇《ひま》がない。ただ、利仁の意志に、支配される範囲《はんい》が広いだけに、その意志の中に包容される自分の意志も、それだけ自由が利《き》くようになったことを、心強く感じるだけである。――阿諛《あゆ》は、恐《おそ》らく、こういうときに、最も自然に生まれてくるものであろう。読者は、今後、赤鼻の五位《ごい》の態度に、幇間《ほうかん》のような何物かを見いだしても、それだけで、みだりにこの男の人格を、疑うべきではない。

ほうり出された狐《きつね》は、なぞえの斜面《しゃめん》を、転げるようにして、駈《か》け下りると、水のない河床《かわどこ》の石の間を、器用に、ぴょいぴょい、飛び越《こ》えて、今度は、向こうの斜面へ、勢いよく、すじかいに駈け上がった。駈け上がりながら、ふりかえってみると、自分を手捕《てど》りにした侍《さむらい》の一行は、まだ遠い傾斜《けいしゃ》の上に馬を並べて立っている。それが皆《みな》、指をそろえたほどに、小さく見えた。殊《こと》に入り日を浴びた、月毛と蘆毛《あしげ》とが、霜《しも》を含《ふく》んだ空気の中に、描《か》いたよりもくっきりと、浮《う》き上がっている。

狐は、頭《かしら》をめぐらすと、また枯《か》れ薄《すすき》の中を、風のように走りだした。

阿諛　おべっかを使い、へつらうこと。

幇間　たいこもち。

なぞえ　すじかい、はす、斜《なな》め、斜面《しゃめん》のこと。

一行は、予定どおり翌日の巳《み》の時ばかりに、高島《たかしま》の辺《ほとり》へ来た。ここは琵琶《びわ》湖に臨《のぞ》んだ、ささやかな部落で、昨日に似ず、どんよりと曇《くも》った空の下に、幾《いく》戸の藁屋《わらや》が、疎《まば》らにちらばっているばかり、岸に生えた松の樹《き》の間には、灰色の漣漪《さざなみ》をよせる湖の水面が、磨《みが》くのを忘れた鏡のように、さむざむと開けている。――ここまで来ると利仁《としひと》が、五位を顧《かえり》みて言った、

「あれをご覧《ろう》じろ。男どもが、迎《むか》いに参ったげでござる。」

見ると、なるほど、二疋《ひき》の鞍《くら》置き馬を牽《ひ》いた、二三十人の男たちが、馬に跨《また》がったのもあり徒歩《かち》のもあり、皆水干《みなすいかん》の袖《そで》を寒風に翻《ひるがえ》して、湖の岸、松の間を、一行の方へ急いで来る。やがてこれが、間近くなったと思うと、馬に乗っていた連中は、慌《あわ》ただしく鞍を下り、徒歩の連中は、路傍《みちばた》に蹲踞《そんきょ》して、いずれも恭《うやうや》しく、利仁の来るのを、待ちうけた。

「やはり、あの狐が、使者を勤めたとみえますのう。」

蹲踞　両膝《ひざ》を折りうずくまり頭を垂れて迎《むか》える敬礼。

「性得《しょうとく》、変化《へんげ》ある獣《けもの》じゃて、あのくらいの用を勤めるのは、なんでもこざらぬ。」

五位《ごい》と利仁とが、こんな話をしているうちに、一行は、郎等《ろうどう》たちの待っている所へ来た。「大儀《たいぎ》じゃ。」と、利仁が声をかける。蹲踞《そんきょ》していた連中が、忙《せわ》しく立って、二人の馬の口を取る。急に、すべてが陽気になった。

「夜前、稀有《けう》なことが、ございましてな。」

二人が、馬から下りて、敷皮《しきかわ》の上へ、腰《こし》を下ろすか下ろさないうちに、檜《ひ》皮《わだ》色の水干《すいかん》を着た、白髪《はくはつ》の郎等が、利仁の前へ来て、こう言った。

「なんじゃ。」利仁は、郎等たちの持ってきた篠枝《ささえ》や破籠《わりご》を、五位にも勧《すす》めながら、鷹揚《おうよう》に問いかけた。

「されば、でございまする。夜前、戌《いぬ》の時ばかりに、奥方《おくがた》がにわかに、人心地《ひとごこち》をお失いなされましてな。『おのれは、阪本《さかもと》の狐《きつね》じゃ。今日、殿《との》の仰《おお》せられたことを、言伝《ことづ》てしょうほどに、近《ちこ》う寄って、よう聞きやれ。』と、こうおっしゃるのでございまする。さて、一同がお前に参りまするど、奥方の仰せられまするには、『殿は、ただ今にわかに客人を具して、下られようとするところ

性得
生まれつきもつもの。

郎等
従者。家来。

檜皮色
12ページ注参照。

破籠
ひのきで折り箱のように作った弁当箱。

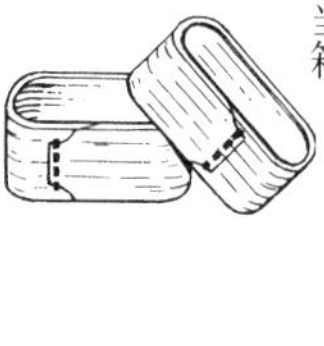

戌の時ばかり
午後八時ごろ。

じゃ。明日巳《みょうにちみ》の時ごろ、高島《たかしま》の辺《ほとり》まで、男どもを迎《むか》いに遣《つか》わし、それに鞍置《くら》き馬二疋牽《ひきひ》かせてまいれ。』と、こう御意《ぎょい》あそばすのでございまする。」

「それは、また、稀有なことでござるのう。」五位は利仁の顔と、郎等の顔とを、仔細《しさい》らしく見比べながら、両方に満足を与《あた》えるような、相槌《あいづち》を打った。

「それもただ、仰せられるのではございませぬ。さも、恐《おそ》ろしそうに、わなわなとお震《ふる》えになりましてな、『遅《おく》れまいぞ。遅れれば、おのれが、殿のご勘《かん》当《どう》をうけねばならぬ。』と、しっきりなしに、お泣きになるのでございまする。」

「して、それから、いかがした。」

「それから、たあいなく、お休みになりましてな。手前どもの出てまいりまする時にも、まだ、お眼覚《めざ》めにはならぬようで、ございました。」

「いかがでござるな。」郎等の話を聞き完《おわ》ると、利仁は五位を見て、得意らしく言った。「利仁には、獣も使われ申すわ。」

「なんとも驚《おどろ》きいるほかは、ござらぬのう。」五位は、赤鼻をかきながら、ちょいと、頭を下げて、それから、わざとらしく、呆《あき》れたように、口を開いてみせた。口髭《くちひげ》には今、飲んだ酒が、滴《しずく》になって、くっついている。

その日の夜《よ》のことである。五位《ごい》は、利仁《としひと》の館《やかた》の一間に、切灯台《きりとうだい》の灯《ひ》を眺《なが》めるともなく、眺めながら、寝《ね》つかれない長の夜をまじまじして、明かしていた。すると、夕方、ここへ着くまで、利仁や利仁の従者と、談笑《だんしょう》しながら、越《こ》えてきた松山、小川、枯野《かれの》、あるいは、草、木の葉、石、野火の煙《けむり》のにおい――そういうものが、一つずつ、五位の心に、浮《う》かんできた。殊《こと》に、雀色《すずめいろ》時《どき》の靄《もや》の中を、やっと、この館へたどりついて、長櫃《ながびつ》に起こしてある、炭火の赤い焔《ほのお》を見た時の、ほっとした心もち、――それも、今、こうして、寝ていると、遠い昔にあったこととしか、思われない。五位は綿の四五寸もはいった、黄いろい直垂《ひたたれ》の下に、楽々と、足をのばしながら、ぼんやり、われとわが寝姿を見まわした。

直垂の下に利仁が貸してくれた、練色《ねりいろ》の衣《きぬ》の綿厚なのを、二枚まで重ねて、

切灯台
灯心を立てた油皿を乗せる低い台。

雀色時
夕暮れ、日暮れ、たそがれ時。

長櫃
衣類や調度品を入れる長方形の箱。

直垂
襟《えり》と袖《そで》をつけ外出用の直垂に似た夜の寝間着《ねまき》。

練色
淡《あわ》い黄色。

着こんでいる。それだけでも、どうかすると、汗《あせ》が出かねないほど、暖かい。そこへ、夕飯の時に一杯《ぱい》やった、酒の酔《よ》いが手伝っている。枕元《まくらもと》の蔀《しとみ》一つ隔《へだ》てた向こうは、霜《しも》の冴《さ》えた広庭だが、それも、こう陶然《とうぜん》としていれば、少しも苦にならない。万事《ばんじ》が、京都《きょうと》の自分の曹司《ぞうし》にいた時と比べれば、雲泥《うんでい》の相《そう》違《い》である。が、それにもかかわらず、わが五位の心には、なんとなく釣《つ》り合いのとれない不安があった。だいいち、時間のたっていくのが、待ち遠い。しかもそれと同時に、夜の明けるということが、――芋粥《いもがゆ》を食う時になるということが、そう早く、来てはならないような心もちがする。そうしてまた、この矛盾《むじゅん》した二つの感情が、互《たが》いに剋《こく》し合う後ろには、境遇《きょうぐう》の急激な変化からくる、落ち着かない気分が、今日の天気のように、うすら寒く控《ひか》えている。それが、皆《みな》、邪魔《じゃま》になって、せっかくの暖かさも、容易に、眠《ねむ》りを誘《さそ》いそうもない。

　すると、外の広庭で、誰《だれ》か、大きな声を出しているのが、耳にはいった。声がらでは、どうも、今日、途中《とちゅう》まで迎《むか》えに出た、白髪《はくはつ》の郎等《ろうどう》が何か告《ふ》れているらしい。その乾《ひ》からびた声が、霜に響《ひび》くせいか、凜《りん》々として凩《こがらし》のように、

蔀　35ページ注参照。

陶然　気持ちよく酔《よ》ってうっとりとすること。

曹司　宮中で仕える官《かん》吏《り》や女官《にょかん》の用いる部屋。

一語ずつ五位《ごい》の骨に、応《こた》えるような気さえする。

「この辺の下人《げにん》、承《うけたまわ》れ。殿《との》の御意《ぎょい》あそばさるるには、明朝、卯《う》の時までに、切り口三寸、長さ五尺の山の芋《いも》を、老若各《おのおの》、一筋ずつ、持ってまいるようにとある。忘れまいぞ、卯の時までにじゃ。」

それが、二三度、繰《く》り返されたかと思うと、やがて、人のけはいがやんで、あたりはたちまち元のように、静かな冬の夜になった。その静かな中に、切《きり》灯台《とうだい》の油が鳴る。赤い真綿のような火が、ゆらゆらする。五位は欠伸《あくび》を一つ、噛《か》みつぶして、また、とりとめのない、思量に耽《ふけ》りだした、――山の芋というからには、もちろん芋粥《いもがゆ》にする気で、持って来させるのに相違《そうい》ない。そう思うと、一時、外に注意を集中したおかげで忘れていた、さっきの不安が、いつのまにか、心に帰ってくる。殊《こと》に、前よりも、いっそう強くなったのは、あまり早く芋粥にありつきたくないという心もちで、それが意地悪く、思量の中心を離《はな》れない。どうもこう容易に「芋粥に飽《あ》かん」ことが、事実となって現れては、せっかく今まで、何年となく、辛抱《しんぼう》して待っていたのが、いかにも、無駄《むだ》な骨折りのように、みえてしまう。できることなら、何か突然《とつぜん》故

卯の時までに　午前六時ごろまでに。

障が起こっていったん、芋粥が飲めなくなってから、また、その故障がなくなって、今度は、やっとこれにありつけるというような、そんな手続きに、万事《ばんじ》を運ばせたい。――こんな考えが、「こまつぶり」のように、ぐるぐる一つ所を回っているうちに、いつか、五位は、旅の疲《つか》れで、ぐっすり、熟睡《じゅくすい》してしまった。

翌朝、眼《め》がさめると、すぐに、昨夜《ゆうべ》の山の芋の一件が、気になるので、五位は、なによりも先に部屋の蔀《しとみ》をあげてみた。すると、知らないうちに、寝《ね》すごして、もう卯の時をすぎていたのであろう。広庭へ敷《し》いた、四五枚の長《なが》筵《むしろ》の上には、丸太のような物が、およそ、二三千本、斜《なな》めにつき出した、檜《ひ》皮葺《わだぶき》の軒先《のきさき》へつかえるほど、山のように、積んである。見るとそれが、ことごとく、切り口三寸、長さ五尺の途方《とほう》もなく大きい、山の芋であった。

五位は、寝起きの眼をこすりながら、ほとんど周章に近い驚愕《きょうがく》に襲《おそ》われて、呆然《ぼうぜん》と、周囲を見まわした。広庭のところどころには、新しく打ったらしい杭《くい》の上に五斛納釜《ごくのうがま》を五つ六つ、かけ連ねて、白い布の襖《あお》を着た若い下司女《げすおんな》が、何十人となく、そのまわりに動いている。火を焚《た》きつけるもの、灰をかくも

周章　あわてふためき、うろたえること。

五斛納釜　一斛は約百八十リットル。その五倍は入る大釜。

襖　8ページ注参照。

の、あるいは、新しい白木の桶《おけ》に、「あまずらみせん」を汲《く》んで釜《かま》の中へ入れるもの、皆《みな》、芋粥《いもがゆ》をつくる準備で、眼《め》のまわるほど忙《いそが》しい。釜の下から上がる煙《けむり》と、釜の中から湧《わ》く湯気とが、まだ消え残っている明け方の靄《もや》と一つになって、広庭一面、はっきり物も見定められないほど、灰色のものが罩《こ》めた中で、赤いのは、烈《れつ》々と燃え上がる釜の下の焔《ほのお》ばかり、眼に見るもの、耳に聞くものことごとく、戦場か火事場へでも行ったような騒《さわ》ぎである。五位《ごい》は、今更《いまさら》のように、この巨大《きょだい》な山の芋が、この巨大な五斛納釜《ごくのうがま》の中で、芋粥になることを考えた。そうして、自分が、その芋粥を食うために京都《きょうと》から、わざわざ、越前《えちぜん》の敦賀《つるが》まで旅をしてきたことを考えた。考えれば考えるほど、なにひとつ、情けなくならないものはない。わが五位の同情すべき食欲は、実に、この時もう、一半を減却《げんきゃく》してしまったのである。

それから、一時間の後、五位は利仁や舅《しゅうと》の有仁《ありひと》とともに、朝飯の膳《ぜん》に向かった。前にあるのは、銀《しろかね》の提《ひさげ》の一斗《と》ばかりはいるのに、なみなみと海のごとくたたえた、恐《おそ》るべき芋粥である。五位はさっき、あの軒《のき》まで積み上げた山の芋を、何十人かの若い男が、薄刃《うすば》を器用に動かしながら、片《かた》っ端《ぱし》から削《けず》

あまずらみせん　甘葛《あまずら》を煎《せん》じて絞《しぼ》り出した汁《しる》。

提　28ページ注参照。

るように、勢いよく、切るのを見た。それからそれを、あの下司女《げすおんな》たちが、右往左往に馳《は》せちがって、一つのこらず、五斛納釜へすくっては入れ、すくっては入れするのを見た。最後に、その山の芋が、一つも長筵《ながむしろ》の上に見えなくなった時に、芋のにおいと、甘葛《あまずら》のにおいとを含《ふく》んだ、幾道《いくどう》かの湯気の柱が、蓬々然《ほうほうぜん》として、釜の中から、晴れた朝の空へ、舞《ま》い上がっていくのを見た。これを、目《ま》のあたりに見た彼《かれ》が、今、提に入れた芋粥に対した時、まだ、口をつけないうちから、既《すで》に、満腹を感じたのは、恐らく、無理もない次第《しだい》であろう。——五位は、提を前にして、間の悪そうに、額の汗《あせ》を拭《ふ》いた。

「芋粥に飽《あ》かれたことが、ござらぬげな。どうぞ、遠慮《えんりょ》なく召《め》し上がってくだされ。」

舅の有仁は、童児たちに言いつけて、更に幾つかの銀の提を膳の上に並べさせた。中にはどれも芋粥が、溢《あふ》れんばかりにはいっている。五位は眼をつぶって、ただでさえ赤い鼻を、いっそう赤くしながら、提に半分ばかりの芋粥を大きな土器《かわらけ》にすくって、いやいやながら飲み干した。

「父もそう申すじゃて、平に、遠慮はご無用じゃ。」

蓬々然　煙《けむり》や蒸気が盛《さか》んに立ちのぼり、乱れるさま。

利仁も側《そば》から、新たな提《ひさげ》をすすめて、意地悪く笑いながらこんなことを言う。弱ったのは五位《ごい》である。遠慮《えんりょ》のないところをいえば、始めから芋粥《いもがゆ》は、一椀《わん》も吸いたくない。それを今、我慢《がまん》して、やっと、提に半分だけ平らげた。これ以上、飲めば、喉《のど》を越《こ》さないうちにもどしてしまう、そうかといって、飲まなければ、利仁や有仁の厚意《こうい》を無にするのも、同じである。そこで、彼《かれ》はまた眼《め》をねぶって、残りの半分を三分の一ほど飲み干した。もうあとは一口も吸いようがない。

「なんとも、かたじけのうござった。もう、十分頂戴《ちょうだい》いたしたて。――いやはや、なんともかたじけのうござった。」

五位は、しどろもどろになって、こう言った。よほど弱ったとみえて、口《くち》髭《ひげ》にも、鼻の先にも、冬とは思われないほど、汗《あせ》が玉になって、垂れている。

「これはまた、ご少食なことじゃ、客人は、遠慮をされるとみえたぞ。それそれ、その方ども、何を致《いた》しておる。」

童児たちは、有仁の語につれて、新たな提の中から、芋粥を、土器《かわらけ》に汲《く》もうとする。五位は、両手を蠅《はえ》でも逐《お》うように動かして、平に、辞退の意を示した。

「いや、もう、十分でござる。……失礼ながら、十分でござる。」

もし、この時、利仁が、突然《とつぜん》、向こうの家の軒《のき》を指さして、「あれをご覧《ろう》じろ。」と言わなかったなら、有仁はなお、五位に、芋粥をすすめて、やまなかったかもしれない。が、幸いにして、利仁の声は、一同の注意を、その軒の方へ、持っていった。檜皮葺《ひわだぶき》の軒には、ちょうど、朝日がさしている。そうして、そのまばゆい光に、光沢《つや》のいい毛皮を洗わせながら、一疋《ぴき》の獣《けもの》が、おとなしく、座《すわ》っている。見るとそれは一昨日《おととい》、利仁が枯野《かれの》の路《みち》で手捕《てど》りにした、あの阪本《さかもと》の野狐《のぎつね》であった。

「狐も、芋粥が欲《ほ》しさに、見参したそうな。男ども、しゃつにも、物を食わせてつかわせ。」

利仁の命令は、言下に行われた。軒からとび下りた狐は、すぐに広庭で、芋粥の馳走《ちそう》に、与《あず》かったのである。

五位は、芋粥を飲んでいる狐を眺《なが》めながら、ここへ来ない前の彼自身を、なつかしく、心の中《うち》でふり返った。それは、多くの侍《さむらい》たちに愚弄《ぐろう》されている彼《かれ》である。京童《きょうわらべ》にさえ「なんじゃ。この鼻赤めが。」と、罵《ののし》られている彼である。色のさめた水干《すいかん》に、指貫《さしぬき》をつけて、飼い主のない尨犬《むくいぬ》のように、朱雀大路《おおじ》をうろついて歩く、憐《あわ》れむべき、孤独《こどく》な彼である。しかし、同時にまた、芋粥《いもがゆ》に飽《あ》きたいという欲望を、ただ一人大事に守っていた、幸福な彼である。

——彼は、このうえ芋粥を飲まずにすむという安心とともに、満面の汗《あせ》がしだいに、鼻の先から、乾《かわ》いてゆくのを感じた。晴れてはいても、敦賀《つるが》の朝は、身にしみるように、風が寒い。五位《ごい》は慌《あわ》てて、鼻をおさえると同時に銀《しろかね》の提《ひさげ》に向かって大きなくさめをした。

——五年八月——

戯《げ》作《さく》三《ざん》昧《まい》

一

天保《てんぽう》二年九月のある午前である。神田同朋町《かんだどうぼうちょう》の銭湯松の湯では、朝からあい変わらず客が多かった。式亭三馬《しきていさんば》が何年か前に出版した滑稽《こっけい》本の中で、「神祇《じんぎ》、釈教《しゃくけう》、恋《こひ》、無常、みないりごみの浮世風呂《うきよぶろ》」といった光景は、今もそのころと変わりはない。風呂の中で歌祭文《うたざいもん》を唄《うた》っている嚊《かかあ》たばね、上がり場で手拭《てぬぐ》いをしぼっているちょん髷本多《まげほんだ》、文身《ほりもの》の背中を流させている丸額の大銀杏《おおいちょう》、さっきから顔ばかり洗っている由兵衛奴《よしべえやっこ》、水槽《みずぶね》の前に腰《こし》を据《す》えて、しきりに水をかぶっている坊主《ぼうず》頭、竹の手桶《ておけ》と焼き物の金魚とで、余念なく遊んでいる虻蜂蜻蛉《あぶはちとんぼ》、――狭《せま》い流しには、そういう種々雑多な人間がいずれも濡《ぬ》れた体を滑《なめ》らかに光らせながら、濛《もう》々と立ち上る湯煙《ゆげむり》と窓からさす朝日の光との中に、模糊《もこ》として動いている。そのまた騒《さわ》ぎが、一通りではない。第一に湯を使う音や桶を動かす音がする。それから話し声や唄の声がする。最後にときどき番台で鳴らす拍子木《ひょうしぎ》の音がする。だから柘榴口《ざくろぐち》の内外《うちそと》は、す

式亭三馬
（一七七六〜一八二二）江戸《えど》の戯作者《げさくしゃ》。

「神祇、釈教…」
「浮世風呂」の一節。風呂で裸《はだか》になれば貴賤貧富《きせんひんぷ》に差はない。

*嚊たばね
江戸で流行した男性の髪《かみ》の束ね方の一つ。以下、「ちょん髷本多」「大銀杏」「由兵衛奴」も同じ。

*虻蜂蜻蛉
虫の羽に見立てて上で結んだ子供用の髪形。

べてがまるで戦場のように騒々《そうぞう》しい。そこへ暖簾《のれん》をくぐって、商人《あきゅうど》が来る。物貰《もら》いが来る。客の出入りはもちろんあった。その混雑の中に――

　つつましく隅《すみ》へ寄って、その混雑の中に、静かに垢《あか》を落としている、六十あまりの老人が一人あった。年のころは六十を越《こ》していよう。鬢《びん》の毛が見苦しく黄ばんだうえに、眼《め》も少し悪いらしい。が、やせてはいるものの骨組みのしっかりした、むしろいかついという体格で、皮のたるんだ手や足にも、どこかまだ老年に抵抗《ていこう》する底力が残っている。これは顔でも同じことで、下《が》顎骨《がっこつ》の張った頬《ほお》のあたりや、やや大きい口の周囲に、旺盛《おうせい》な動物的精力が、恐《おそ》ろしいひらめきを見せていることは、ほとんど壮年《そうねん》の昔と変わりがない。

　老人は丁寧《ていねい》に上半身の垢を落としてしまうと、止め桶《おけ》の湯も浴びずに、今度は下半身を洗いはじめた。が、黒い垢すりの甲斐絹《かいき》が何度となく上をこすっても、脂気《あぶらけ》の抜《ぬ》けた、小皺《こじわ》の多い皮膚《ひふ》からは、垢というほどの垢も出てこない。それがふと秋らしい寂《さび》しい気を起こさせたのであろう。老人は片々《かたかた》の足を洗ったばかりで、急に力がぬけたように手拭《てぬぐ》いの手を止めてしまった。そうして、濁《にご》った止め桶の湯に、鮮《あざ》やかに映っている窓の外の空へ眼を落と

*柘榴口　江戸時代の銭湯で、身をかがめて入った湯船への出入り口。

いかつい　がっしりとした、ごつい、いかめしい。

*止め桶　湯を汲《く》む小さい桶。

甲斐絹　細かく目をつめて織った絹《きぬ》の布。もと輸入品。明治以降、山梨県《やまなし》で産出。

寂滅

した。そこにはまた赤い柿《かき》の実が、瓦《かわら》屋根の一角を下に見ながら、疎《まば》らに透《す》いた枝を綴《つづ》っている。

老人の心には、この時「死」の影《かげ》がさしたのである。が、その「死」は、かつて彼《かれ》を脅《おびや》かしたそれのように、忌《い》まわしい何物をも蔵していない。いわばこの桶の中の空《そら》のように、静かながら慕《した》わしい、安らかな寂滅《じゃくめつ》の意識であった。一切《いっさい》の塵労《じんろう》を脱《だっ》して、その「死」の中に眠《ねむ》ることができたならば――無心の子供のように、夢もなく眠ることができたならば、どんなに悦《よろこ》ばしいことであろう。自分は生活に疲《つか》れているばかりではない。何十年来、絶え間ない創作の苦しみにも、疲れている。……

老人は憮然《ぶぜん》として、眼を挙げた。あたりではやはり賑《にぎ》やかな談笑《だんしょう》の声につれて、大ぜいの裸《はだか》の人間が、目まぐるしく湯気の中に動いている。柘榴口《ざくろぐち》の中の歌祭文《うたざいもん》にも、めりやすやよしこのの声が加わった。ここにはもちろん、今彼の心に影を落とした悠久《ゆうきゅう》なものの姿は、微塵《みじん》もない。

「いや、先生、こりゃとんだ所でお眼にかかりますな。どうも曲亭《きょくてい》先生が朝湯にお出《い》でになろうなんぞとはてまえ夢にも思いませんでした。」

死ぬこと。煩悩《ぼんのう》の境界を離《はな》れた世界。

塵労　世の中のわずらわしいかかわりあい。

めりやす　歌舞伎芝居《かぶきしばい》歌の一つで、しんみりとしたもの。

よしこの　「よしこの」と囃《はや》し歌う江戸《えど》時代の流行歌。

曲亭先生　(一七六七〜一八四八)江戸末期の戯作者《げさくしゃ》、滝沢馬琴《ばきん》。曲亭は馬琴の別称《べっしょう》。

老人は、突然《とつぜん》こう呼びかける声に驚《おどろ》かされた。見ると彼《かれ》の傍《かたわ》らには、血色のいい、中背の細銀杏《ほそいちょう》が、止め桶《おけ》を前に控《ひか》えながら、濡《ぬ》れ手拭《てぬぐ》いを肩《かた》へかけて、元気よく笑っている。これは風呂《ふろ》から出て、ちょうど上がり湯を使おうとしたところらしい。

「あい変わらずご機嫌《きげん》でけっこうだね。」

馬琴滝沢瑣吉《ばきんたきざわさきち》は、微笑《びしょう》しながら、やや皮肉にこう答えた。

二

「どういたしまして、いっこうけっこうじゃございません。けっこうといや、先生、八犬伝《はっけんでん》はいよいよ出《い》でて、いよいよ奇《き》なり、けっこうなおできでございますな。」

細銀杏は肩の手拭いを桶の中へ入れながら、一調子張り上げて弁じだした。

「船虫《ふなむし》が瞽婦《ごぜ》に身をやつして、小文吾《こぶんご》を殺そうとする。それがいったんつかまって、拷問《ごうもん》されたあげくに、荘介《そうすけ》に助けられる。あの段どりが実になんと

馬琴滝沢瑣吉
戯作《げさく》を次々と発表した当代随一《ずいいち》の作家。

八犬伝
馬琴作『南総里見八犬伝《なんそうさとみはっけんでん》』のこと。

船虫
『八犬伝』の中の悪役の名前。

瞽婦
祭文《さいもん》などを歌って門づけを乞《こ》う盲目《もうもく》の女性。

も申されません。そうしてそれがまた、荘介小文吾再会の機縁《きえん》になるのでございますからな。不肖《ふしょう》じゃございますが、この近江屋平吉《おうみやへいきち》も、小間物屋こそ致《いた》しておりますが、読本《よみほん》にかけちゃ一かど通《つう》のつもりでございます。そのてまえでさえ、先生の八犬伝には、なんとも批《ひ》の打ちようがございません。いや全く恐《おそ》れ入りました。」

馬琴《ばきん》は黙《だま》ってまた、足を洗いだした。彼はもちろん彼の著作の愛読者に対しては、昔からそれ相当な好意を持っている。しかしその好意のために、相手の人物に対する評価が、変化するなどということは少しもない。これは聡《そう》明《めい》な彼にとって、当然すぎるほど当然なことである、が、不思議なことには逆にその評価が、彼の好意に影響《えいきょう》するということもまたほとんどない。だから彼は場合によって、軽蔑《けいべつ》と好意とを、完《まった》く同一人に対して同時に感ずることができた。この近江屋平吉のごときは、まさにそういう愛読者の一人である。

「なにしろあれだけのものをお書きになるんじゃ、並たいていなお骨折りじゃございますまい。まず当今では、先生がさしずめ日本の羅貫中《らかんちゅう》というと

読本
空想的で複雑な筋の中に道徳的教訓が入る戯作。

羅貫中
中国明《みん》代の作家。代表作は『三国《さんごく》志演義《しえんぎ》』。

ころでございますな。――いや、これはとんだ失礼を申しあげました。」

平吉はまた大きな声をあげて笑った。その声に驚《おどろ》かされたのであろう。側《かたわら》で湯を浴びていた小柄《こがら》な、色の黒い、眇《すがめ》の小銀杏《こいちょう》が、振《ふ》り返って平吉と馬琴とを見比べると、妙《みょう》な顔をして流し へ痰《たん》を吐《は》いた。

「貴公はあい変わらず発句《ほっく》にお凝《こ》りかね。」

馬琴は巧《たく》みに話頭を転換《てんかん》した。がこれはなにも眇の表情を気にしたわけではない。彼《かれ》の視力は幸福なことに（？）もうそれがはっきりとは見えないほど、衰弱《すいじゃく》していたのである。

「これはお尋《たず》ねにあずかって恐縮至極《きょうしゅくしごく》でございますな。てまえのはほんの下手の横好きで今日も運座《うんざ》、明日も運座、と、所々方々へ臆面《おくめん》もなくしゃしゃり出ますが、どういうものか、句のほうはいっこう頭を出してくれません。ときに先生は、いかがでございますな。歌とか発句とか申すものは、格別お好みになりませんか。」

「いや私は、どうもああいうものにかけると、とんと無器用でね。もっとも一時はやったこともあるが。」

眇
瞳《ひとみ》がどちらかに寄りぎみなこと。

発句
俳諧連歌《はいかいれんが》の最初の句、のち俳句。

話頭
話題の方向。

運座
たくさんの人が集まって俳句を作り批評する会。

「そりゃご冗談《じょうだん》で。」

「いや、完《まった》く性《しょう》に合わないとみえて、いまだにとんと眼《め》くらの垣《かき》のぞきさ。」

馬琴は、「性に合わない」という語《ことば》に、殊《こと》に力を入れてこう言った。彼は歌や発句が作れないとは思っていない。だからもちろんその方面の理解にも、乏《とぼ》しくないという自信がある。が、彼はそういう種類の芸術には、昔から一種の軽蔑《けいべつ》を持っていた。なぜかというと、歌にしても発句にしても、彼の全部をその中に注ぎこむためには、あまりに形式が小さすぎる。だからいかに巧みに詠《よ》みこなしてあっても、一句一首の中《うち》に表現されたものは、抒情《じょじょう》なり叙景《じょけい》なり、わずかに彼の作品の何行かを充《み》たすだけの資格しかない。そういう芸術は、彼にとって、第二流の芸術である。

三

彼が「性に合わない」という語に力を入れた後ろには、こういう軽蔑が潜《ひそ》んでいた。が、不幸にして近江屋平吉《おうみやへいきち》には、全然そういう意味が通じなかっ

眼くらの垣のぞき　いっこうに上達しないことのたとえ。

抒情　自分の感情や感動を表すもの。

たものらしい。

「ははあ、やっぱりそういうものでございますかな。てまえなどの量見では、先生のような大家なら、なんでも自由にお作りになれるだろうと存じておりましたが――いや、天二物《てんにぶつ》を与《あた》えずとは、よく申したものでございます。」

平吉はしぼった手拭《てぬぐ》いで、皮膚《ひふ》が赤くなるほど、ごしごし体をこすりながら、やや遠慮《えんりょ》するような調子で、こう言った。が、自尊心の強い馬琴《ばきん》には、彼《かれ》の謙辞《けんじ》をそのまま語《ことば》どおり受け取られたということが、まずなによりも不満である。そのうえ平吉の遠慮するような調子がいよいよまた気に入らない。そこで彼は手拭いと垢《あか》すりとを流しへほうり出すと半ば身を起こしながら、苦い顔をして、こんな気焔《きえん》をあげた。

「もっとも、当節の歌よみや宗匠《そうしょう》くらいにはいくつもりだがね。」

しかし、こう言うとともに、彼は急に自分の子供らしい自尊心が恥《は》ずかしく感ぜられた。自分はさっき平吉が、最上級の語を使って八犬伝《はっけんでん》を褒《ほ》めた時にも、格別嬉《うれ》しかったとは思っていない。そうしてみれば、今その反対に、自分が歌や発句《ほっく》を作ることのできない人間と見られたにしても、それを不満

天二物を与えず　天は、才能を一人の人間に二つ与えないこと。

気焔をあげる　燃え上がるような盛《さか》んな意気込《ご》み。

当節　当今。今の。

宗匠　俳諧《はいかい》の師匠《ししょう》。

に思うのは、明らかに矛盾《むじゅん》である。とっさにこういう自省を動かした彼は、あたかも内心の赤面を隠《かく》そうとするように、慌《あわ》ただしく止め桶《おけ》の湯を肩《かた》から浴びた。

「でございましょう。そうなくっちゃ、とてもああいう傑作《けっさく》は、おできになりますまい。してみますと、先生は歌も発句もお作りになると、こう睨《にら》んだてまえの眼光は、やっぱりたいしたものでございますな。これはとんだ手前味噌《みそ》になりました。」

平吉はまた大きな声をたてて、笑った。さっきの眇《すがめ》はもう側《かたわら》にいない。痰《たん》も馬琴の浴びた湯に、流されてしまった。が、馬琴がさっきにも増して恐縮《きょうしゅく》したのはもちろんのことである。

「いや、うっかり話しこんでしまった。どれ私も一風呂《ふろ》、浴びてこようか。」

妙《みょう》に間の悪くなった彼は、こういう挨拶《あいさつ》とともに、自分に対する一種の腹立たしさを感じながら、とうとうこの好人物の愛読者の前を退却《たいきゃく》すべく、おもむろに立ち上がった。が、平吉は彼の気焔によってむしろ愛読者たる彼自身まで、肩身《かたみ》が広くなったように、感じたらしい。

自省　自分の態度や行《こう》為《い》を反省すること。

手前味噌　自分のことを誇《ほこ》ること。

おもむろに　しずかに、ゆるやかに。

「ではは先生そのうちにひとつ歌か発句《ほっく》かを書いていただきたいものでございますな。よろしゅうございますか。お忘れになっちゃいけませんぜ。じゃてまえも、これで失礼いたしましょう。お忙《せわ》しゅうもございましょうが、お通りすがりの節は、ちとお立ち寄りを。てまえもまた、お邪魔《じゃま》に上がります。」

平吉は追いかけるように、こう言った。そうして、もう一度手拭《てぬぐ》いを洗いだしながら、柘榴口《ざくろぐち》の方へ歩いていく馬琴の後ろ姿を見送って、これから家へ帰った時に、曲亭《きょくてい》先生に遇《あ》ったということを、どんな調子で女房《にょうぼう》に話して聞かせようかと考えた。

四

柘榴口の中は、夕方のようにうす暗い。それに湯気が、霧《きり》よりも深くこめている。眼《め》の悪い馬琴《ばきん》は、その中にいる人々の間を、あぶなそうに押《お》しわけながら、どうにか風呂《ふろ》の隅《すみ》をさぐりあてると、やっとそこへ皺《しわ》だらけな体を浸《ひた》した。

湯かげんは少し熱いくらいである。彼《かれ》はその熱い湯が爪《つめ》の先にしみこむのを感じながら、長い呼吸《いき》をして、おもむろに風呂の中を見まわした。うす暗い中に浮《う》かんでいる頭の数は、七つ八つもあろうか。それが皆《みな》話をしたり、唄《うた》をうたったりしているまわりには、人間の脂《あぶら》を溶《と》かした、滑《なめ》らかな湯の面《おもて》が、柘榴口からさす濁《にご》った光に反射して、退屈《たいくつ》そうにたぶたぶと動いている。そこへ胸の悪い「洗湯の匂《にお》い」がむんと人の鼻を衝《つ》いた。

馬琴の空想には、昔から羅曼的《ロマンテイク》な傾向《けいこう》がある。彼はこの風呂の湯気の中に、彼が描《えが》こうとする小説の場景の一つを、思い浮かべるともなく思い浮かべた。そこには重い舟日覆《ふなひおい》がある。日覆の外の海は、日の暮れとともに風が出たらしい。舷《ふなばた》をうつ浪《なみ》の音が、まるで油を揺《ゆ》するように、重苦しく聞こえてくる。その音とともに、日覆をはためかすのは、おおかた蝙蝠《こうもり》の羽音であろう。舟子《かこ》の一人は、それを気にするように、そっと舷から外をのぞいてみた。霧の下りた海の上には、赤い三日月が陰々《いんいん》と空に懸《か》かっている。すると……

彼の空想は、ここまで来て、急に破られた。同じ柘榴口の中で、誰《だれ》か彼の読本《よみほん》の批評をしているのが、ふと彼の耳へはいったからである。しかも、そ

羅曼的
Romantik（独）。浪漫《ろうまん》的、空想的。

舟日覆
舟《ふね》の上にかける布製の覆《おお》い。

舷
舟のへり。

れは声といい、話しようといい、殊更彼《ことさらかれ》に聞かせようとして、しゃべりたてているらしい。馬琴はいったん風呂《ふろ》を出ようとしたが、やめて、じっとその批評を聞き澄《す》ました。

「曲亭《きょくてい》先生の、著作堂主人《ちょさどうしゅじん》のと、大きなことをいったって、馬琴なんぞの書くものは、みんなありゃ焼き直しでげす。早い話が八犬伝《はっけんでん》は、手もなく水滸《すいこ》伝《でん》の引き写しじゃげえせんか。が、そりゃまあ大目に見ても、いい筋がありやす。なにしろ先が唐《から》の物でげしょう。そこで、まずそれを読んだというだけでも、一手柄《てがら》さ。ところがそこへまたずぶ京伝《きょうでん》の二番煎《せん》じときちゃ、呆《あき》れかえって腹も立ちゃせん。」

馬琴はかすむ眼《め》で、この悪口《あっこう》を言っている男の方を透《す》かして見た。湯気に遮《さえぎ》られて、はっきりとは見えないが、どうもさっき側《かたわら》にいた眇《すがめ》の小銀杏《こいちょう》ででもあるらしい。そうとすればこの男は、さっき平吉《へいきち》が八犬伝を褒《ほ》めたのに業《ごう》を煮《に》やして、わざと馬琴にあたりちらしているのであろう。

「だいいち馬琴の書くものは、ほんの筆先一点張りでげす。まるで腹には、なんにもありやせん。あればまず寺子屋の師匠《ししょう》でも言いそうな、四書五経《ししょごきょう》の

著作堂主人　馬琴の別号。

水滸伝　中国明《みん》代初期の小説。羅貫中の作かどうか不明。

京伝　山東京伝《さんとうきょうでん》（一七六一〜一八一六）。『忠《ちゅう》臣水滸伝《しんすいこでん》』がある。

業を煮やす　腹立たしさに心がいらいらする。

四書　大学《だいがく》・中庸《ちゅうよう》・論語《ろんご》・孟子《もうし》。

五経　詩経《しきょう》・書経《しょきょう》・易《えき》経《きょう》・礼記《らいき》・春秋《しゅんじゅう》。

講釈《こうしゃく》だけでげしょう。だからまた当世のことは、とんとご存じなしさ。それが証拠《しょうこ》にゃ、昔のことでなけりゃ、書いたというためしはとんとげえせん。お染久松《そめひさまつ》がお染久松じゃ書けねえもんだから、そら松染情史秋七草《しょうせんじょうしあきのななくさ》さ。こんなことは、馬琴大人《たいじん》の口真似《まね》をすれば、そのためしさわに多かりでげす。」

憎悪《ぞうお》の感情は、どっちか優越《ゆうえつ》の意識を持っている以上、起こしたくも起こされない。馬琴も相手の言いぐさが癪《しゃく》にさわりながら、妙《みょう》にその相手が憎《にく》めなかった。そのかわりに彼自身の軽蔑《けいべつ》を、表白してやりたいという欲望がある。それが実行に移されなかったのは、恐《おそ》らく年齢《ねんれい》が歯止めをかけたせいであろう。

「そこへいくと、一九《いっく》や三馬《さんば》はたいしたものでげす。あの手合いの書くものには、天然自然の人間が出ていやす。決して小手先の器用や生噛《なまかじ》りの学問で、でっちあげたものじゃげえせん。そこが大きに蓑笠軒隠者《さりゅうけんいんじゃ》なんぞとは、ちがうところさ。」

馬琴の経験によると、自分の読本《よみほん》の悪評を聞くということは、単に不快であるばかりでなく、危険もまた少なくない。というのは、その悪評を是認《ぜにん》す

お染久松
油屋の娘《むすめ》お染と丁稚《でっち》久松が心中した事件。

松染情史秋七草
馬琴作。お染久松の事件を素材に理想化した作。

一九
十返舎一九《じっぺんしゃいっく》（一七六五～一八三一）。戯《げ》作者《さくしゃ》。代表作『東海道中膝栗毛《とうかいどうちゅうひざくりげ》』。

蓑笠軒隠者
馬琴の別称《べっしょう》。

るために、勇気が沮喪《そそう》するという意味ではなく、それを否認《ひにん》するために、その後の創作的動機に、反動的なものが加わるという意味である。そうしてそういう不純な動機から出発する結果、しばしば畸形《きけい》な芸術を創造する惧《おそ》れがあるという意味である。時好《じこう》に投ずることのみを目的としている作者は別として、少しでも気魄《きはく》のある作者なら、この危険には存外陥《おちい》りやすい。だから馬琴は、この年まで自分の読本《よみほん》に対する悪評は、なるべく読まないように心がけてきた。が、そう思いながらもまた、一方には、その悪評を読んでみたいという誘惑《ゆうわく》がないでもない。今、この風呂《ふろ》で、この小銀杏《こいちょう》の悪口《あっこう》を聞くようになったのも、半ばはその誘惑に陥ったからである。

こう気のついた彼《かれ》は、すぐに便々とまだ湯に浸《ひた》っている自分の愚《ぐ》を責めた。そうして、癇高《かんだか》い小銀杏の声を聞き流しながら、柘榴口《ざくろぐち》を外へ勢いよくまたいで出た。外には、湯気の間に窓の青空が見え、その青空には暖かく日を浴びた柿《かき》が見える。馬琴は水槽《みずぶね》の前へ来て、心静かに上がり湯を使った。

「とにかく、馬琴は食わせ物でげす。日本の羅貫中《らかんちゅう》もよくできやした。」

しかし風呂の中ではさっきの男が、まだ馬琴がいるとでも思うのか、依然《いぜん》

沮喪　気持ちがくじけて勢いをなくし、気落ちすること。

畸形　普通《ふつう》と異なる状態。

時好に投ずる　時代が求める好みに合わせる。

便々　いたずらに時間ばかり浪費《ろうひ》すること。

として猛烈《もうれつ》なフィリッピクスを発しつづけている。事によると、これはその眇《すがめ》に災《わざわ》いされて、彼の柘榴口をまたいで出る姿が、見えなかったからかもしれない。

五

しかし、洗湯を出た時の馬琴《ばきん》の気分は、沈《しず》んでいた。眇の毒舌《どくぜつ》は、少なくともこれだけの範囲《はんい》で、確かに予期した成功を収め得たのである。彼は秋晴れの江戸《えど》の町を歩きながら、風呂の中で聞いた悪評を、いちいち彼の批評眼にかけて、綿密に点検した。そうして、それが、いかなる点から考えてみても、一顧《いっこ》の価《あたい》のない愚論《ぐろん》だという事実を、即座《そくざ》に証明することができた。が、それにもかかわらず、ひとたび乱された彼の気分は、容易に元どおり、落ち着きそうもない。

彼は不快な眼《め》を挙げて、両側の町家を眺《なが》めた。町家のものは、彼の気分とは没交渉《ぼっこうしょう》に、皆《みな》その日の生計を励《はげ》んでいる。だから「諸国銘葉《めいよう》」の柿色の暖簾《のれん》、

フィリッピクス
philippics（英）。激しい攻撃《こうげき》演説。

「諸国銘葉」
たばこ屋の暖簾。

「本黄楊《ほんつげ》」の黄いろい櫛形《くしがた》の招牌《かんばん》、「駕籠《かご》」の掛行灯《かけあんどん》、「卜筮《ぼくぜい》」の算木《さんぎ》の旗、――そういうものが、無意味な一列を作って、ただ雑然と彼《かれ》の眼底を通りすぎた。

「どうしておれは、おれの軽蔑《けいべつ》している悪評に、こう煩《わずら》わされるのだろう。」

馬琴はまた、考えつづけた。

「おれを不快にするのは、第一にあの眇《すがめ》がおれに悪意を持っているという事実だ。人に悪意を持たれるということは、その理由のいかんにかかわらず、それだけでおれには不快なのだから、しかたがない。」

彼は、こう思って、自分の気の弱いのを恥《は》じた。実際彼のごとく傍若無人《ぼうじゃくぶじん》な態度に出る人間が少なかったように、彼のごとく他人の悪意に対して、敏《びん》感《かん》な人間もまた少なかったのである。そうして、この行為《こうい》のうえでは全く反対に思われる二つの結果が、実は同じ原因――同じ神経作用からきているという事実にも、もちろん彼はとうから気がついていた。

「しかし、おれを不快にするものは、まだほかにもある。それはおれがあの眇と、対抗《たいこう》するような位置に置かれたということだ。おれは昔からそういう

「本黄楊」
櫛屋の看板。本黄楊はツゲの木の上等な櫛。

「駕籠」
駕籠屋の入り口にかかっている行灯《あんどん》。

「卜筮」
竹や亀《かめ》の甲羅《こうら》を用いて占《うらな》うこと。

算木
占いに用いる六個の正方柱状の木。

傍若無人
横暴な態度をとる人。

位置に身を置くことを好まない。勝負ごとをやらないのも、そのためだ。」

ここまで分析《ぶんせき》してきた彼の頭は、更《さら》に一歩を進めると同時に、思いもよらない変化を、気分のうえに起こさせた。それは緊《かた》くむすんでいた彼の唇《くちびる》が、この時急に弛《ゆる》んだのを見ても、知れることであろう。

「最後に、そういう位置へおれを置いた相手が、あの眇だという事実も、確かにおれを不快にしている。もしあれがもう少し高等な相手だったら、おれはこの不快を反撥《はんぱつ》するだけの、反抗《はんこう》心を起こしていたのに相違《そうい》ない。なんにしても、あの眇が相手では、いくらおれでも閉口するはずだ。」

馬琴は苦笑《くしょう》しながら、高い空を仰《あお》いだ。その空からは、朗《ほが》らかな鳶《とび》の声が、日の光とともに、雨のごとく落ちてくる。彼は今まで沈《しず》んでいた気分が、しだいに軽くなってくることを意識した。

「しかし、眇がどんな悪評をたてようとも、それはせいぜい、おれを不快にさせるくらいだ。いくら鳶が鳴いたからといって、天日《てんじつ》の歩みが止まるものではない。おれの八犬伝《はっけんでん》は必ず完成するだろう。そうしてその時は、日本が古今に比倫《ひりん》のない大伝奇《でんき》を持つ時だ。」

天日の歩み
　天地の運行。
比倫
　比類、なかま、たぐい、ならび。
大伝奇
　長編の伝奇小説。

彼《かれ》は回復した自信を労《いた》わりながら、細い小路《こうじ》を静かに家《うち》の方へ曲がっていった。

六

うちへ帰ってみると、うす暗い玄関《げんかん》の沓脱《くつぬ》ぎの上に、見慣れたばら緒《お》の雪駄《せった》が一足のっている。馬琴《ばきん》はそれを見ると、すぐにその客ののっぺりした顔が、眼《め》に浮《う》かんだ。そうしてまた、時間をつぶされる迷惑《めいわく》を、苦々しく心に思い起こした。

「今日も朝のうちはつぶされるな。」

こう思いながら、彼が式台へ上がると、慌《あわ》ただしく出迎《でむか》えた下女の杉《すぎ》が、手をついたまま、下から彼の顔を見上げるようにして、

「和泉屋《いずみや》さんが、お居間でお帰りをお待ちでございます。」と言った。

彼はうなずきながら、ぬれ手拭《てぬぐ》いを杉の手に渡《わた》した。が、どうもすぐに書斎《しょさい》へは通りたくない。

ばら緒の雪駄　細い緒を寄り合わせて作った鼻緒の付いた草履《ぞうり》。
式台　玄関《げんかん》先の板敷《いたじき》。
和泉屋　戯作《げさく》本を出版する所、その屋号。

「お百《ひゃく》は。」

「御仏参《ごぶつさん》にお出《い》でになりました。」

「お路《みち》も一しょか。」

「はい。坊《ぼっ》ちゃんとご一しょに。」

「倅《せがれ》は。」

「山本様《やまもと》へいらっしゃいました。」

家内は皆《みな》、留守である。彼はちょいと、失望に似た感じを味わった。そうしてしかたなく、玄関の隣《となり》にある書斎の襖《ふすま》を開けた。

開けてみると、そこには、色の白い、顔のてらてら光っている、どこか妙《みょう》に取りすました男が、細い銀の煙管《きせる》をくわえながら、端然《たんぜん》と座敷《ざしき》のまん中に控《ひか》えている。彼の書斎には石刷りを貼《は》った屏風《びょうぶ》と床《とこ》にかけた紅楓黄菊《こうふうこうぎく》の双幅《そうふく》とのほかに、装飾《そうしょく》らしい装飾は一つもない。壁《かべ》に沿うては、五十に余る本箱が、ただ古びた桐《きり》の色を、一面に寂《さび》しく並べている。障子の紙も貼ってから、一冬はもう越《こ》えたのであろう。切り貼りの点々として白い上には、秋の日に照らされた破芭蕉《やればしょう》の大きな影《かげ》が、婆娑《ばさ》として斜《なな》めに映っている。それだけに

お百　馬琴の妻。
お路　馬琴の子、宗伯《そうはく》の妻。
倅　宗伯。病弱で馬琴よりも先に病《びょう》没《ぼっ》した。
婆娑　乱れ動く様子。

この客のぞろりとした服装が、いっそうまた周囲とつりあわない。

「いや、先生、ようこそお帰り。」

客は、襖《ふすま》があくとともに、滑《なめ》らかな調子でこう言いながら、恭《うやうや》しく頭を下げた。これが、当時八犬伝《はっけんでん》に次いで世評の高い金瓶梅《きんぺいばい》の版元を引き受けていた、和泉屋市兵衛《いちべえ》という本屋である。

「だいぶにお待ちなすったろう。めずらしく今朝は、朝湯に行ったのでね。」

馬琴は、本能的にちょいと顔をしかめながら、いつものとおり、礼儀《れいぎ》正しく座についた。

「へへえ、朝湯に。なるほど。」

市兵衛は、大いに感服したような声を出した。いかなる瑣末《さまつ》な事件にも、この男のごとく容易に感服する人間は、めったにない。いや、感服したような顔をする人間は、稀《まれ》である。馬琴はおもむろに一服吸いつけながら、いつものとおり、早速《さっそく》話を用談のほうへもっていった。彼《かれ》は特に、和泉屋のこの感服を好まないのである。

「そこで今日はなにかご用かね。」

金瓶梅　中国明《みん》代の小説。馬琴作に『新編金瓶梅』がある。

瑣末　とるにたらないこと。

「へえ、なにまたひとつ原稿《げんこう》を頂戴《ちょうだい》に上がりましたんで。」

市兵衛は煙管《きせる》を一つ指の先でくるりとまわしてみせながら、女のように柔《やさ》しい声を出した。この男は不思議な性格を持っている。というのは、外面の行為《こうい》と内面の心意とが、たいていな場合は一致《いっち》しない。しないどころか、いつでも正反対になって現れる。だから、彼は大いに強硬《きょうこう》な意志を持っていると、必ずそれに反比例する、いかにも柔しい声を出した。

馬琴はこの声を聞くと、再び本能的に顔をしかめた。

「原稿といったって、それは無理だ。」

「へへえ、なにかお差し支《つか》えでもございますので。」

「差し支えるどころじゃない。今年は読本《よみほん》をだいぶ引き受けたので、とても合巻《ごうかん》のほうへは手が出せそうもない。」

「なるほどそれはご多忙《たぼう》で。」

と言ったかと思うと、市兵衛は煙管で灰吹《ふ》きをたたいたのが相図《あいず》のように、今までの話はすっかり忘れたという顔をして、突然《とつぜん》鼠小僧次郎太夫《ねずみこぞうじろだゆう》の話をしゃべりだした。

合巻　挿絵《さしえ》が主な長編小説。

鼠小僧次郎太夫　盗《ぬす》んだものを庶《しょ》民《みん》に配る当時の有名な盗賊《とうぞく》。

七

鼠小僧次郎太夫《ねずみこぞうじろだゆう》は、今年五月の上旬《じょうじゅん》に召し捕《めと》られて、八月の中旬に獄門《ごくもん》になった、評判の高い大賊《たいぞく》である。それが大名屋敷《やしき》へばかり忍《しの》び込《こ》んで、盗《ぬす》んだ金は窮民《きゅうみん》へ施《ほどこ》したというところから、当時は義賊《ぎぞく》という妙《みょう》な名前が、一般《いっぱん》にこの盗人《ぬすびと》の代名詞になって、どこでも盛《さか》んにもてはやされていた。

「なにしろ先生、盗みにはいったお大名屋敷が七十六軒《けん》、盗んだ金が三千百八十三両二分だというのだから驚《おどろ》きます。盗人じゃございますが、なかなかただの人間にできることじゃございません。」

馬琴《ばきん》は思わず好奇心《こうきしん》を動かした。市兵衛《いちべえ》がこういう話をする後ろには、いつも作者に材料を与《あた》えてやるという己惚《うぬぼ》れがひそんでいる。その己惚れはもちろん、よく馬琴の癇《かん》にさわった。が、癇にさわりながらも、やっぱり好奇心には動かされる。芸術家としての天分を多量に持っていた彼《かれ》は、殊《こと》にこの点では、誘惑《ゆうわく》に陥《おちい》りやすかったからであろう。

獄門
処刑《しょけい》され、さらし首にされること。

「ふむ、それはなるほどえらいものだね。私もいろいろ噂《うわさ》には聞いていたが、まさかそれほどとは思わずにいた。」

「つまりまず賊中《ぞくちゅう》の豪《ごう》なるものでございましょうな。なんでも以前は荒尾《あらお》但馬守《たじまのかみ》様の御供押《おともお》しかなにかを勤めたことがあるそうで、お屋敷方の案内に明るいのは、そのせいだそうでございます。引きまわしを見たものの話を聞きますと、でっぷりした、愛嬌《あいきょう》のある男だそうで、その時は紺《こん》の越後縮《えちごちぢみ》の帷子《かたびら》に、下へは白練《しろねり》の単衣《ひとえ》を着ていたと申しますが、とんと先生のお書きになるものの中へでも出てきそうじゃございませんか。」

馬琴はなま返事をしながら、また一服吸いつけた。が、市兵衛はもとより、なま返事くらいに驚くような男ではない。

「いかがでございましょう。そこで金瓶梅《きんぺいばい》のほうへ、この次郎太夫を持ちこんで、ご執筆《しっぴつ》を願うようなわけにはまいりますまいか。それはもうてまえも、お忙《いそが》しいのは重々承知いたしております。が、そこをどうか枉《ま》げて、ひとつご承諾《しょうだく》を。」

鼠小僧はここにいたって、たちまちまた元の原稿《げんこう》の催促《さいそく》へ舞《ま》い戻《もど》った。が、

荒尾但馬守
鳥取藩《はん》の家老。

引きまわし
処刑前に重罪人を馬に乗せ江戸《えど》市中を引きまわす。

越後縮の帷子
越後の国（今の新潟県）小千谷《おじゃ》地方に産する上等な麻《あさ》織物で作った単衣。

白練
白地の練絹《ねりぎぬ》で仕立てた小袖。

この慣用手段に慣れている馬琴は依然《いぜん》として承知しない。のみならず、彼《かれ》は前よりもいっそう機嫌《きげん》が悪くなった。これは一時《いちじ》でも市兵衛の計に乗って、幾分《いくぶん》の好奇心《こうきしん》を動かしたのが、彼自身莫迦莫迦《ばかばか》しくなったからである。彼はまずそうに煙草《たばこ》を吸いながら、とうとうこんな理屈《りくつ》を言いだした。

「だいいち私が無理に書いたって、どうせろくなものはできやしない。それじゃ売れ行きにかかわるのはいうまでもないことなのだから、貴公《きこう》のほうだってつまらなかろう。してみると、これは私の無理を通させるほうが、結局両方のためになるだろうと思うが。」

「でございましょうが、そこをひとつご奮発願いたいので。いかがなものでございましょう。」

市兵衛は、こう言いながら、視線で彼の顔を「撫《な》でまわした。」（これは馬琴が、和泉屋《いずみや》のある眼《め》つきを形容した語《ことば》である。）そうして、煙草の煙《けむり》をとぎれとぎれに、鼻から出した。

「とても、書けないね。書きたくも、暇《ひま》がないんだから、しかたがない。」

「それはてまえ、困却《こんきゃく》いたしますな。」

「撫でまわした。」
馬琴日記の引用。

と言ったが、今度は突然《とつぜん》、当時の作者仲間のことを話しだした。やっぱり細い銀の煙管《きせる》を、うすい唇《くちびる》の間にくわえながら。

八

「また種彦《たねひこ》のなにか新版物が、出るそうでございますな。いずれ優美第一の、哀《あわ》れっぽいものでございましょう。あの仁《じん》の書くものには、種彦でなくては書けないというところがあるようで。」

市兵衛《いちべえ》は、どういう気か、すべて作者の名前を呼びすてにする習慣がある。馬琴《ばきん》はそれを聞くたびに、自分もまた陰《かげ》では「馬琴が」と言われることだろうと思った。この軽薄《けいはく》な、作者を自家の職人だと心得ている男の口から、呼びすてにされてまでも、原稿《げんこう》を書いてやる必要がどこにある？——癇《かん》のたかぶったときどきには、こう思って腹を立てたことも、稀《まれ》ではない。今日も彼は種彦という名を耳にすると、苦い顔をいよいよ苦くせずにはいられなかった。が、市兵衛には、少しもそんなことは気にならないらしい。

種彦　柳亭種彦《りゅうていたねひこ》（一七八三〜一八四二）。戯作《げさく》者《しゃ》。代表作『偐紫田舎源氏《にせむらさきいなかげんじ》』。

「それからてまえどもでも、春水《しゅんすい》を出そうかと存じております。先生はお嫌《きら》いでございますが、やはり俗物《ぞくぶつ》にはあの辺が向きますようでございますな。」

「ははあ、さようかね。」

馬琴の記憶《きおく》には、いつか見かけたことのある春水の顔が、卑《いや》しく誇張《こちょう》されて浮《う》かんできた。「私は作者じゃない。お客様のお望みに従って、艶物《つやもの》を書いてお目にかける手間取りだ。」――こう春水が称《しょう》しているという噂《うわさ》は、馬琴もつとに聞いていたところである。だから、もちろん彼《かれ》はこの作者らしくない作者を、心の底から軽蔑《けいべつ》していた。が、それにもかかわらず、今市兵衛が呼びすてにするのを聞くと、依然《いぜん》として不快の情を禁ずることができない。

「ともかくあれで、艶っぽいことにかけては、達者なものでございますからな。それに名代《なだい》の健筆で。」

こう言いながら、市兵衛はちょいと馬琴の顔を見て、それからまたすぐに口にくわえている銀の煙管《きせる》へ眼《め》をやった。そのとっさの表情には、恐《おそ》るべく下等な何物かがある。少なくとも、馬琴はそう感じた。

春水　為永春水《ためながしゅんすい》（一七九〇～一八四四）。戯作者《げさくしゃ》。代表作『春色梅児誉美《しゅんしょくうめごよみ》』。

艶物　恋愛《れんあい》を主にした作品。

手間取り　手間賃《やと》をもらって雇われること。

「あれだけのものを書きますのに、すらすら筆が走りつづけで、二三回分くらいなら、紙からはなれないそうでございます。ときに先生なぞは、やはりお早いほうでございますか。」

馬琴は不快を感じるとともに、脅《おびや》かされるような心もちになった。彼の筆の早さを春水や種彦のそれと比較《ひかく》されるということは、自尊心の旺盛《おうせい》な彼にとって、もちろん好ましいことではない。しかも彼は遅筆《ちひつ》のほうである。彼はそれが自分の無能力に裏書きをするように思われて、寂《さび》しくなったこともよくあった。が、一方またそれが自分の芸術的良心を計る物差しとして、尊《とうと》みたいと思ったこともたびたびある。ただ、それを俗人《ぞくじん》の穿鑿《せんさく》にまかせるのは、彼がどんな心もちでいようとも、断じて許そうとは思わない。そこで彼は、眼を床《とこ》の紅楓黄菊《こうふうこうぎく》の方へやりながら、吐《は》き出すようにこう言った。

「時と場合でね。早いときもあれば、また遅《おそ》いときもある。」

「ははあ、時と場合でね。なるほど。」

市兵衛は三度《みたび》感服した。が、これが感服それ自身に了《おわ》る感服でないことは、いうまでもない。彼はこのあとで、すぐにまた、切りこんだ。

「でございますが、たびたび申しあげた原稿《げんこう》のほうは、ひとつご承諾《しょうだく》くださいませんでしょうか。春水なんぞも、……」

「私と為永《ためなが》さんとは違《ちが》う。」

馬琴は腹を立てると、下唇《したくちびる》を左の方へまげる癖《くせ》がある。この時、それが恐《おそ》ろしい勢いで左へまがった。

「まあ私はご免《めん》を蒙《こうむ》ろう。――杉《すぎ》、杉、和泉屋《いずみや》さんのお履物《はきもの》を直しておいたか。」

九

和泉屋市兵衛《いずみやいちべえ》を逐《お》い帰すと、馬琴《ばきん》は独り縁側《えんがわ》の柱へよりかかって、狭《せま》い庭の景色を眺《なが》めながら、まだおさまらない腹の虫を、無理におさめようとして、骨を折った。

日の光をいっぱいに浴びた庭先には、葉の裂《さ》けた芭蕉《ばしょう》や、坊主《ぼうず》になりかかった梧桐《あおぎり》が、槇《まき》や竹の緑と一しょになって、暖かく何坪《つぼ》かの秋を領している。こっちの手水鉢《ちょうずばち》の側《かたわら》にある芙蓉《ふよう》は、もう花が疎《まば》らになったが、向こうの袖垣《そでがき》の外に植えた木犀《もくせい》は、まだその甘《あま》い匂《にお》いが衰《おとろ》えない。そこへ例の鳶《とび》の声が遥《はる》かな青空の向こうから、ときどき笛を吹《ふ》くように落ちてきた。

彼《かれ》は、この自然と対照させて、今更《いまさら》のように世間の下等さを思い出した。下等な世間に住む人間の不幸は、その下等さに煩《わずら》わされて、自分もまた下等な言動を、余儀《よぎ》なくさせられるところにある。現に今自分は、和泉屋市兵衛を逐い払《はら》った。逐い払うということは、もちろん高等なことでもなんでもない。が、自分は相手の下等さによって、自分もまたその下等なことを、しなくてはならないところまで押《お》しつめられたのである。そうして、した。したという意味は市兵衛と同じ程度まで、自分を卑《いや》しくしたというのにほかならない。つまり自分は、それだけ堕落《だらく》させられたわけである。

ここまで考えた時に、彼はそれと同じようなできごとを、近い過去の記憶《きおく》に発見した。それは去年の春、彼のところへ弟子《でし》入りをしたいといって手紙をよこした、相州《そうしゅう》朽木《くちき》上新田《かみしんでん》とかの長島政兵衛《ながしままさべえ》という男である。この男はその手紙によると二十一の年に聾《つんぼ》になって以来、二十四の今日まで、文筆を

手水鉢　手を洗う水を入れておく鉢。
袖垣　門などに添《そ》えて低く作った短い垣根。
相州　相模国《さがみのくに》、現在の神奈川県《かながわけん》。

もって天下に知られたいという決心で、専《もっぱ》ら読本《よみほん》の著作に精を出した。八犬伝《はっけんでん》や巡島記《じゅんとうき》の愛読者であることは、いうまでもない。ついてはこういう田舎《いなか》にいては、なにかと修業《しゅぎょう》の妨《さまた》げになる。だから、あなたのところへ、食客《しょっかく》に置いてもらうわけにはいくまいか。それからまた、自分は六冊《さつ》物の読本の原《げん》稿《こう》を持っている。これも馬琴の筆削《ひっさく》を受けて、しかるべき本屋から出版したい。——だいたいこんなことを書いてよこした。向こうの要求は、もちろん皆《みな》馬琴にとって、あまりに虫のいいことばかりである。が、耳の遠いということが、眼《め》の悪いのを苦にしている彼《かれ》にとって、幾分《いくぶん》の同情を繫《つな》ぐ楔子《くさび》になったのであろう。せっかくだがご依頼《いらい》どおりになりかねるという彼の返事は、むしろ彼としては、丁重《ていちょう》をきわめていた。すると、折り返して来た手紙には、始めから仕舞《しまい》まで猛烈《もうれつ》な非難の文句のほかに、何一つ書いてない。

自分はあなたの八犬伝といい、巡島記といい、あんな長たらしい、拙劣《せつれつ》な読本を根気よく読んであげたが、あなたは私のたった六冊物の読本に眼を通すのさえ拒《こば》まれた。もってあなたの人格の下等さがわかるではないか。——手紙はこういう文句ではじまって、先輩《せんぱい》として後輩《こうはい》を食客に置かないのは、

巡島記
馬琴作『朝夷巡島記《あさひなじゅんとうき》』。

食客
門下生になり衣食の世話を受け生活すること。

筆削
文章を添削《てんさく》すること。

拙劣
まずくて、へたなこと。

鄙吝《ひりん》のなすところだという攻撃《こうげき》で、わずかに局を結んでいる。馬琴は腹が立ったから、すぐに返事を書いた。そうしてその中に、自分の読本が貴公《きこう》のような軽薄《けいはく》児に読まれるのは、一生の恥辱《ちじょく》だという文句を入れた。その後杳《よう》として消息を聞かないが、彼はまだ今でも、読本の稿を起こしているだろうか。そうしてそれがいつか日本じゅうの人間に読まれることを、夢想しているだろうか。…………

馬琴はこの記憶《きおく》の中に、長島政兵衛なるものに対する情けなさと、彼自身に対する情けなさとを同時に感ぜざるをえなかった。そうしてそれはまた彼を、いいようのない寂《さび》しさに導いた。が、日は無心に木犀《もくせい》の匂《にお》いを融《と》かしている。芭蕉《ばしょう》や梧桐《あおぎり》も、ひっそりとして葉を動かさない。鳶《とび》の声さえ以前のとおり朗《ほが》らかである。この自然とあの人間と――十分ののち、下女の杉《すぎ》が昼飯の支度《したく》のできたことを知らせに来た時まで、彼はまるで夢でも見ているように、ぼんやり縁側《えんがわ》の柱に倚《よ》りつづけていた。

鄙吝　いやしく、けちなこと。

杳として　行方《ゆくえ》がわからないさま。

夢想　あてのないことを心に思うこと。空想。

十

独りで寂《さび》しい昼飯をすませた彼《かれ》は、ようやく書斎《しょさい》へひきとると、なんとなく落ち着かない、不快な心もちを鎮《しず》めるために、久しぶりで水滸伝《すいこでん》を開いてみた。偶然《ぐうぜん》開いたところは豹子頭林冲《ひょうしとうりんちゅう》が、風雪の夜に山神廟《さんじんびょう》で、草秣場《まぐさば》の焼けるのを望見する件《くだり》である。彼はその戯曲《ぎきょく》的な場景に、いつもの感興を催《もよお》すことができた。が、それがあるところまで続くとかえって妙《みょう》に不安になった。

仏参《ぶっさん》に行った家族のものは、まだ帰ってこない。うちの中は森《しん》としている。彼は陰気《いんき》な顔を片づけて、水滸伝を前にしながら、うまくもない煙草《たばこ》を吸った。そうしてその煙《けむり》の中に、ふだんから頭の中に持っている、ある疑問を髣《ほう》髴《ふつ》した。

それは、道徳家としての彼と芸術家としての彼との間に、いつも纏綿《てんめん》する疑問である。彼は昔から「先王の道」を疑わなかった。彼の小説は彼自身公

豹子頭林冲　『水滸伝』にある風雪をしのぎ火をおこす話。

髣髴　思い浮《う》かべること。

纏綿　からみつき、まといつくこと。

先王の道　中国古代の帝王、堯《ぎょう》と舜《しゅん》が天下を治めた徳の道。

言したごとく、まさに「先王の道」の芸術的表現である。だから、そこに矛《む》盾《じゅん》はない。が、その「先王の道」が芸術に与《あた》える価値と、彼の心情が芸術に与えようとする価値との間には、存外大きな懸隔《けんかく》がある。したがって彼の中《うち》にある道徳家が前者を肯定《こうてい》するとともに、彼の中にある芸術家は当然また後者を肯定した。もちろんこの矛盾を切り抜《ぬ》ける安価な妥協《だきょう》的思想もないことはない。実際彼は公衆に向かってこの煮《に》えきらない調和説の背後に、彼の芸術に対する曖昧《あいまい》な態度を隠《かく》そうとしたこともある。

しかし公衆は欺《あざむ》かれても、彼自身は欺かれない。彼は戯作《げさく》の価値を否定して、「勧懲《かんちょう》の具」と称《しょう》しながら、常に彼の中に磅礴《ぼうはく》する芸術的感興に遭遇《そうぐう》すると、たちまち不安を感じだした。——水滸伝の一節が、たまたま彼の気分のうえに、予想外の結果を及《およ》ぼしたのにも、実はこんな理由があったのである。

この点において、思想的に臆病《おくびょう》だった馬琴《ばきん》は、黙然《もくねん》として煙草をふかしながら、強《し》いて思量を留守にしている家族のほうへ押《お》し流そうとした。が、彼の前には水滸伝がある。不安はそれを中心にして、容易に念頭を離《はな》れない。そこへおりよく、久しぶりで、崋山渡辺登《かざんわたなべのぼる》が尋《たず》ねてきた。袴《はかま》羽織に紫《むらさき》の風呂《ふろ》

勧懲の具
勧善懲悪《かんぜんちょうあく》のこと。善を勧《すす》め悪を懲《こ》らしめる手段。

磅礴
広く覆《おお》われ満ちあふれること。

思量
考え。

崋山渡辺登
（一七九三～一八四一）幕末の南画家、洋学者。幕府に幽《ゆう》閉《へい》され自刃《じじん》。

敷《しき》包みを小脇《わき》にしているところでは、これはおおかた借りていた書物でも返しに来たのであろう。

　馬琴は喜んで、この親友をわざわざ玄関《げんかん》まで、迎《むか》えに出た。

「今日《こんにち》は拝借した書物をご返却《へんきゃく》かたがた、お目にかけたいものがあって、参上しました。」

　崋山は書斎《しょさい》に通ると、はたしてこう言った。見れば風呂敷《ふろしき》包みのほかにも紙に巻いた絵絹《えぎぬ》らしいものを持っている。

「お暇《ひま》ならひとつご覧を願いましょうかな。」

「おお、早速《さっそく》、拝見しましょう。」

　崋山はある興奮に似た感情を隠《かく》すように、ややわざとらしく微笑《びしょう》しながら、紙の中の絵絹を披《ひら》いてみせた。絵は蕭索《しょうさく》とした裸《はだか》の樹《き》を、遠近《おちこち》と疎《まば》らに描《えが》いて、その中に掌《たなごころ》をうって談笑《だんしょう》する二人の男を立たせている。林間に散っている黄葉《こうよう》と、林梢《りんしょう》に群がっている乱鴉《らんあ》と、――画面のどこを眺《なが》めても、うそ寒い秋の気が動いていないところはない。

　馬琴の眼《め》は、この淡彩《たんさい》の寒山拾得《かんざんじっとく》に落ちると、しだいにやさしい潤《うるお》いを帯

蕭索　もの寂《さび》しい様子。

乱鴉　からすが乱れ飛んでいる様子。

寒山拾得　唐《とう》代の二僧《そう》、寒山と拾得。文殊《もんじゅ》の化身《けしん》とされる。

びて輝《かがや》きだした。

「いつもながら、けっこうなおできですな。私は王摩詰《おうまきつ》を思い出します。食随㆓鳴磬㆒巣烏下《しょくはめいけいにしたがいそううくだり》、行踏㆓空林㆒落葉声《ゆきてくうりんをふめばらくようこえあり》 というところでしょう。」

十一

「これは昨日描《か》きあげたのですが、私には気に入ったから、ご老人さえよければさしあげようと思って持ってきました。」

崋山《かざん》は、鬚《ひげ》の痕《あと》の青いあごを撫《な》でながら、満足そうにこう言った。

「もちろん気に入ったといっても、今まで描いたものの中ではというくらいなところですが――とても思うとおりには、いつになっても、描けはしません。」

「それはありがたい。いつも頂戴《ちょうだい》ばかりしていて恐縮《きょうしゅく》ですが。」

馬琴《ばきん》は、絵を眺めながら、つぶやくように礼を言った。未完成のままになっている彼《かれ》の仕事のことが、この時彼の心の底に、なぜかふとひらめいた

王摩詰　唐代の詩人、画家である王維《おうい》(六九九～七五九)の別称《べっしょう》。

「食随…落葉声」　王維の詩。自然の風景とものの寂しさを詠《よ》む。

しい。

からである。が、崋山は崋山で、やはり彼《かれ》の絵のことを考えつづけているら

「古人の絵を見るたびに、私はいつもどうしてこう描《か》けるだろうと思います

な。木でも石でも人物でも、皆《みな》その木なり石なり人物なりになりきって、し

かもその中に描いた古人の心もちが、悠《ゆう》々として生きている。あれだけは実

にたいしたものです。まだ私などは、そこへいくと、子供ほどにもできてい

ません。」

「古人は後生恐《こうせいおそ》るべしと言いましたがな。」

馬琴は崋山が自分の絵のことばかり考えているのを、妬《ねた》ましいような心も

ちで、眺《なが》めながら、いつになくこんな諧謔《かいぎゃく》を弄《ろう》した。

「それは後生も恐ろしい。だから私どもはただ、古人と後生との間に挟《はさ》まっ

て、身動きもならずに、押《お》され押され進むのです。もっともこれは私どもば

かりではありますまい。古人もそうだったし、後生もそうでしょう。」

「いかにも進まなければ、すぐに押し倒《たお》される。するとまず一足でも進む工《く》

夫《ふう》が、肝腎《かんじん》らしいようですな。」

諧謔　気の利いた冗談《じょうだん》。しゃれ。ユーモア。

「さよう、それが何よりも肝腎です。」

主人と客とは、彼ら自身の語《ことば》に動かされて、しばらくの間口をとざした。そうして二人とも、秋の日の静かな物音に耳をすませた。

「八犬伝《はっけんでん》はあい変わらず、捗《はか》がおゆきですか。」

やがて、崋山が話題を別な方面に開いた。

「いや、いっこう捗どらんでしかたがありません。これも古人には及《およ》ばないようです。」

「ご老人がそんなことを言っては、困りますな。」

「困るのなら、私のほうが誰《だれ》よりも困っています。しかしどうしても、これで行けるところまで行くよりほかはない。そう思って、私はこのごろ八犬伝と討《う》ち死にの覚悟《かくご》をしました。」

こう言って、馬琴は自ら恥《は》ずるもののように、苦笑《くしょう》した。

「たかが戯作《げさく》だと思っても、そうはいかないことが多いのでね。」

「それは私の絵でも同じことです。どうせやりだしたからには、私も行けるところまでは行ききりたいと思っています。」

「お互《たが》いに討ち死にですかな。」

二人は声をたてて、笑った。が、その笑い声の中には、二人だけにしかわからないある寂《さび》しさが流れている。と同時にまた、主人と客とは、ひとしくこの寂しさから、一種の力強い興奮を感じた。

「しかし絵の方は羨《うらや》ましいようですな。公儀《こうぎ》のお咎《とが》めを受けるなどということがないのはなによりもけっこうです。」

今度は馬琴が、話頭を一転した。

十二

「それはないが――ご老人の書かれるものも、そういう心配はありますまい。」

「いや、大いにありますよ。」

馬琴《ばきん》は改名主《あらためなぬし》の図書検閲《けんえつ》が、陋《ろう》をきわめている例として、自作の小説の一節が、役人が賄賂《わいろ》をとる箇条《かじょう》のあったために、改作を命ぜられた事実を挙げ

公儀のお咎め　幕府が罪とみなすこと。
改名主　検閲《けんえつ》係の役人。
陋をきわめる　心や知識が狭《せま》く、きわめていやしいこと。

た。そうして、それにこんな批評をつけ加えた。

「改名主などいうものは、咎めだてをすればするほど、尻尾《しっぽ》の出るのがおもしろいじゃありませんか。自分たちが賄賂をとるものだから、賄賂のことを書かれると、嫌《いや》がって改作させる。また自分たちが猥雑《わいざつ》な心もちに囚《とら》われやすいものだから、男女《なんにょ》の情さえ書いてあれば、どんな書物でも、すぐ誨淫《かいいん》の書にしてしまう。それで自分たちの道徳心が、作者より高い気でいるから、傍《かたわ》ら痛いしだいです。いわばあれは、猿《さる》が鏡を見て、歯をむき出しているようなものでしょう。自分で自分の下等なのに、腹を立てているのですからな。」

崋山《かざん》は馬琴の比喩《ひゆ》があまり熱心なので、思わず失笑《しっしょう》しながら、

「それは大きにそういうところもありましょう。しかし改作させられても、それはご老人の恥辱《ちじょく》になるわけではありますまい。改名主などがなんといおうとも、立派な著述なら、必ずそれだけのことはあるはずです。」

「それにしても、ちと横暴すぎることが多いのでね。そうそう一度などは獄《ごく》屋《や》へ衣食を送る件《くだり》を書いたので、やはり五六行削《けず》られたことがありました。」

誨淫の書　いかがわしくみだらな書。
傍ら痛い　みっともない、はずかしい。

馬琴自身もこう言いながら、崋山と一しょに、くすくす笑いだした。

「しかしこののち五十年か百年経《た》ったら、改《あらため》名主《なぬし》のほうはいなくなって、八犬伝《はっけんでん》だけが残ることになりましょう。」

「八犬伝が残るにしろ、残らないにしろ、改名主のほうは、存外いつまでもいそうな気がしますよ。」

「そうですかな。私にはそうも思われませんが。」

「いや、改名主はいなくなっても、改名主のような人間は、いつの世にも絶えたことはありません。焚書坑儒《ふんしょこうじゅ》が昔だけあったと思うと、大きに違《ちが》います。」

「ご老人は、このごろ心細いことばかり言われますな。」

「私が心細いのではない。改名主どものはびこる世の中が、心細いのです。」

「では、ますます働かれたらいいでしょう。」

「とにかく、それよりほかはないようですな。」

「そこでまた、ご同様に討《う》ち死にですか。」

今度は二人とも笑わなかった。笑わなかったばかりでない。馬琴はちょい

焚書坑儒　秦《しん》の始皇帝《しこうてい》が四書五経を焼き、儒者《じゅしゃ》を穴埋《う》めにしたこと。

と顔を堅《かた》くして、崋山を見た。それほど崋山のこの冗談《じょうだん》のような語《ことば》には、妙《みょう》な鋭《するど》さがあったのである。

「しかしまず若い者は、生きのこる分別をすることです。討ち死にはいつでもできますからな。」

程《ほど》を経て、馬琴がこう言った。崋山の政治上の意見を知っている彼《かれ》には、この時ふと一種の不安が感ぜられたからであろう。が、崋山は微笑《びしょう》したぎり、それには答えようともしなかった。

十三

崋山《かざん》が帰ったあとで、馬琴《ばきん》はまだ残っている興奮を力に、八犬伝の稿《こう》をつぐべく、いつものように机へ向かった。先を書きつづける前に、昨日書いたところをひととおり読み返すのが、彼の昔からの習慣である。そこで彼は今日も、細い行の間へべた一面に朱《しゅ》を入れた、何枚かの原稿《げんこう》を、気をつけてゆっくり読み返した。

稿　原稿。

朱を入れた　赤色で文字を訂《てい》正《せい》する。

すると、なぜか書いてあることが、自分の心もちとぴったりこない。字と字との間に、不純な雑音が潜《ひそ》んでいて、それが全体の調和をいたるところで破っている。彼《かれ》は最初それを、彼の癇《かん》がたかぶっているからだと解釈《かいしゃく》した。

「今のおれの心もちが悪いのだ。書いてあることは、どうにか書ききれるところまで、書ききっているはずだから。」

そう思って、彼はもう一度読み返した。が、調子の狂《くる》っていることは前といっこう変わりはない。彼は老人とは思われないほど、心の中で狼狽《ろうばい》しだした。

「このもう一つ前はどうだろう。」

彼はその前に書いたところへ眼《め》を通した。すると、これもまたいたずらに粗雑《そざつ》な文句ばかりが、糅然《じゅうぜん》としてちらかっている。彼は更《さら》にその前を読んだ。そうしてまたその前の前を読んだ。

しかし読むに従って、拙劣《せつれつ》な布置と乱脈な文章とは、しだいに眼の前に展開してくる。そこにはなんらの映像をも与《あた》えない叙景《じょけい》があった。なんらの感激をも含《ふく》まない詠嘆《えいたん》があった。そうしてまた、なんらの理路をたどらない論

狼狽
うろたえ騒《さわ》ぎ、あわてふためくこと。

糅然
まとまりなく入り乱れるさま。

饒舌
多弁、おしゃべりなこと。

弁があった。彼が数日を費《つい》やして書きあげた何回分かの原稿《げんこう》は、今の彼の眼から見ると、ことごとく無用の饒舌《じょうぜつ》としか思われない。彼は急に、心を刺《さ》されるような苦痛を感じた。

「これは始めから、書き直すよりほかはない。」

彼は心の中でこう叫《さけ》びながら、いまいましそうに原稿を向こうへつきやると、片肘《かたひじ》ついてごろりと横になった。が、それでもまだ気になるのか、眼は机の上を離《はな》れない。彼はこの机の上で、弓張月《ゆみはりづき》を書き、南柯夢《なんかのゆめ》を書き、そうして今は八犬伝《はっけんでん》を書いた。この上にある端渓《たんけい》の硯《すずり》、蹲螭《そんち》の文鎮《ぶんちん》、蟇《ひき》の形をした銅の水差し、獅子《しし》と牡丹《ぼたん》とを浮《う》かせた青磁の硯屏《けんびょう》、それから蘭《らん》を刻んだ孟《もう》宗《そう》の根竹《ねたけ》の筆立て――そういう一切《いっさい》の文房具《ぶんぼうぐ》は、皆《みな》彼の創作の苦しみに、久しい以前から親しんでいる。それらの物を見るにつけても、彼はおのずから今の失敗が、彼の一生の労作に、暗い影《かげ》を投げるような――彼自身の実力が根本的に怪《あや》しいような、忌《い》まわしい不安を禁じることができない。

「自分はさっきまで、本朝に比倫《ひりん》を絶した大作を書くつもりでいた。が、それもやはり事によると、人並みに己惚《うぬぼ》れの一つだったかもしれない。」

弓張月
馬琴作『椿説弓張月《ちんせつゆみはりづき》』。

南柯夢
馬琴作『三七全伝南柯夢《さんしちぜんでんなんかのゆめ》』。

端渓の硯
中国広東《カントン》省肇慶《ちょうけい》で産出される上等な硯石。

蹲螭の文鎮
うずくまる雨竜《うりゅう》（角のない竜）をかたどる文鎮。

硯屏
硯の傍《かたわ》らに立てかける塵《ちり》や風よけのついたて。

本朝
わが国。

こういう不安は、彼の上に、なによりも堪《た》えがたい、落莫《らくばく》たる孤独《こどく》の情をもたらした。彼《かれ》は彼の尊敬する和漢の天才の前には、常に謙遜《けんそん》であることを忘れるものではない。が、それだけにまた、同時代の屑々《せつ》たる作者輩《はい》に対しては、傲慢《ごうまん》であるとともに、あくまでも不遜《ふそん》である。その彼が、結局自分も彼らと同じ能力の所有者だったということを、そうして更《さら》に厭《いと》うべき遼東《りょうとう》の豕《いのこ》だったということは、どうしてやすやすと認められよう。しかも彼の強大な「我《が》」は「悟《さと》り」と「諦《あきら》め」とに避難《ひなん》するにはあまりに情熱に溢《あふ》れている。

彼は机の前に身を横たえたまま、親船の沈《しず》むのを見る、難破した船長の眼《め》で、失敗した原稿《げんこう》を眺《なが》めながら、静かに絶望の威力《いりょく》と戦いつづけた。もしこの時、彼の後ろの襖《ふすま》が、けたたましく開け放されなかったら、そうして「お祖父様《じいさま》ただいま。」という声とともに、柔《やわ》らかい小さな手が、彼の頸《くび》へ抱《だ》きつかなかったら、彼は恐《おそ》らくこの憂鬱《ゆううつ》な気分の中に、いつまでも鎖《とざ》されていたことであろう。が、孫の太郎《たろう》は襖を開けるやいなや、子供のみが持っている大胆《だいたん》と率直《そっちょく》とをもって、いきなり馬琴の膝《ひざ》の上へ勢いよくとび上がった。

「お祖父様ただいま。」

落莫　もの寂《さび》しいさま。

屑々たる　こせこせとした。

遼東の豕　世間ではありふれていることを知らずに、自分が偉《えら》いと思うこと。

「おお、よく早く帰ってきたな。」

この語《ことば》とともに、八犬伝《はっけんでん》の著者の皺《しわ》だらけな顔には、別人のような悦《よろこ》びが輝《かがや》いた。

十四

茶の間の方では、癇高《かんだか》い妻のお百《ひゃく》の声や内気らしい嫁《よめ》のお路《みち》の声が賑《にぎ》やかに聞こえている。ときどき太い男の声がまじるのは、おりから倅《せがれ》の宗伯《そうはく》も帰り合わせたらしい。太郎《たろう》は祖父の膝にまたがりながら、それを聞きすましでもするように、わざとまじめな顔をして天井《てんじょう》を眺めた。外気にさらされた頬《ほお》が赤くなって、小さな鼻の穴のまわりが、息をするたびに動いている。

「あのね、お祖父様にね。」

栗梅《くりうめ》の小さな紋付《もんつき》を着た太郎は、突然《とつぜん》こう言いだした。考えようとする努力と、笑いたいのを耐《こら》えようとする努力とで、えくぼが何度も消えたりできたりする。――それが馬琴《ばきん》には、おのずから微笑《びしょう》を誘《さそ》うような気がした。

栗梅　濃《こ》い栗皮色の赤みがまさる染め色。

「よく毎日《まいんち》。」

「うん、よく毎日？」

「ご勉強なさい。」

馬琴はとうとう噴《ふ》き出した。が、笑いの中ですぐまた語《ことば》をつぎながら、

「それから？」

「それから——ええと——癇癪《かんしゃく》を起こしちゃいけませんって。」

「おやおや、それっきりかい。」

「まだあるの。」

太郎はこう言って、糸鬢奴《いとびんやっこ》の頭を仰向《あおむ》けながら自分もまた笑いだした。眼《め》を細くして、白い歯を出して、小さなえくぼをよせて、笑っているのを見ると、これが大きくなって、世間の人間のような憐《あわ》れむべき顔になろうとは、どうしても思われない。馬琴は幸福の意識に溺《おぼ》れながら、こんなことを考えた。そうしてそれが、更《さら》にまた彼《かれ》の心をくすぐった。

「まだ何かあるかい？」

「まだね。いろんなことがあるの。」

癇癪　神経過敏《かびん》で怒《おこ》りやすい性質。

糸鬢奴　頂を広く剃《そ》り両方の鬢を細く結《ゆ》う男子の髪《かみ》形。

「どんなことが？」

「ええと――お祖父様《じいさま》はね。今にもっとえらくなりますからね。」

「えらくなりますから？」

「ですからね。よくね。辛抱《しんぼう》おしなさいって。」

「辛抱しているよ。」馬琴は思わず、まじめな声を出した。

「もっと、もっとようく辛抱なさいって。」

「誰《だれ》がそんなことを言ったのだい。」

「それはね。」

太郎は悪戯《いたずら》そうに、ちょいと彼の顔を見た。そうして笑った。

「だあれだ？」

「そうさな。今日は御仏参《ごぶつさん》に行ったのだから、お寺の坊《ぼう》さんに聞いてきたのだろう。」

「違《ちが》う。」

断然として首を振《ふ》った太郎は、馬琴の膝《ひざ》から、半分腰《こし》をもたげながら、あごを少し前へ出すようにして、

「あのね。」

「うん。」

「浅草《あさくさ》の観音様がそう言ったの。」

こう言うとともに、この子供は、家内じゅうに聞こえそうな声で、嬉《うれ》しそうに笑いながら、馬琴につかまるのを恐《おそ》れるように、急いで彼《かれ》の側《かたわら》から飛び退《の》いた。そうしてうまく祖父をかついだおもしろさに小さな手をたたきながら、ころげるようにして茶の間の方へ逃《に》げていった。

馬琴の心に、厳粛《げんしゅく》な何物かが刹那《せつな》にひらめいたのは、この時である。彼の唇《くちびる》には、幸福な微笑《びしょう》が浮《う》かんだ。それとともに彼の眼《め》には、いつか涙《なみだ》がいっぱいになった。この冗談《じょうだん》は太郎が考え出したのか、あるいはまた母が教えてやったのか、それは彼の問うところではない。この時、この孫の口から、こういう語《ことば》を聞いたのが、不思議なのである。

「観音様がそう言ったか。勉強しろ。癇癪《かんしゃく》を起こすな。そうしてもっとよく辛抱《しんぼう》しろ。」

六十何歳《さい》かの老芸術家は、涙の中に笑いながら、子供のようにうなずいた。

刹那
一瞬間《いっしゅんかん》。きわめて短い時間。

十五

その夜のことである。

馬琴《ばきん》は薄《うす》暗い円行灯《まるあんどん》の光の下《もと》で、八犬伝《はっけんでん》の稿《こう》をつぎ始めた。執筆《しっぴつ》中は家内のものも、この書斎《しょさい》へははいってこない。ひっそりした部屋の中では、灯心の油を吸う音が、蟋蟀《こおろぎ》の声とともに、空《むな》しく夜長の寂《さび》しさを語っている。

始め筆を下ろした時、彼の頭の中には、かすかな光のようなものが動いていた。が、十行二十行と、筆が進むのに従って、その光のようなものは、しだいに大きさを増してくる。経験上、その何であるかを知っていた馬琴は、注意に注意をして、筆を運んでいった。神来《しんらい》の興《きょう》は火と少しも変わりがない。起こすことを知らなければ、一度燃えても、すぐにまた消えてしまう。……

「あせるな。そうしてできるだけ、深く考えろ。」

馬琴はややもすれば走りそうな筆を警《いまし》めながら、何度もこう自分にささやいた。が、頭の中にはもうさっきの星を砕《くだ》いたようなものが、川よりも早く

円行灯
円筒《えんとう》形の行灯。

油を吸う音
灯心が油を吸い込《こ》みジジッとたてる音。

神来の興
創作中に起こる不思議な興奮。

流れている。そうしてそれが刻々に力を加えてきて、否応《いやおう》なしに彼を押《お》しやってしまう。

彼《かれ》の耳にはいつか、蟋蟀《こおろぎ》の声が聞こえなくなった。彼の眼《め》にも、円行灯《まるあんどん》のかすかな光が、今は少しも苦にならない。筆はおのずから勢いを生じて、一気に紙の上をすべりはじめる。彼は神人と相搏《あいう》つような態度で、ほとんど必死に書きつづけた。

頭の中の流れは、ちょうど空を走る銀河のように、滾々《こんこん》としてどこからか溢《あふ》れてくる。彼はそのすさまじい勢いを恐《おそ》れながら、自分の肉体の力が万一それに耐《た》えられなくなる場合を気づかった。そうして、緊《かた》く筆を握《にぎ》りながら、何度もこう自分に呼びかけた。

「根《こん》かぎり書きつづけろ。今おれが書いていることは、今でなければ書けないことかもしれないぞ。」

しかし光の靄《もや》に似た流れは、少しもその速力を緩《ゆる》めない。かえって目まぐるしい飛躍《ひやく》の中《うち》に、あらゆるものを溺《おぼ》らせながら、澎湃《ほうはい》として彼を襲《おそ》ってくる。彼はついに全くその虜《とりこ》になった。そうして一切《いっさい》を忘れながら、その流れ

滾々と
水が盛《さか》んに流れ出るような物事が尽《つ》きないさま。

澎湃
水がさかまくように物事が盛んな勢いで起こる。

の方向に、嵐《あらし》のような勢いで筆を駆《か》った。

この時彼の王者のような眼に映っていたものは、利害でもなければ、愛憎《あいぞう》でもない。まして毀誉《きよ》に煩《わずら》わされる心などは、とうに眼底を払《はら》って消えてしまった。あるのは、ただ不可思議な悦《よろこ》びである。あるいは恍惚《こうこつ》たる悲壮《ひそう》の感激である。この感激を知らないものに、どうして戯作三昧《げさくざんまい》の心境が味到《みとう》されよう。どうして戯作者の厳《おごそ》かな魂《たましい》が理解されよう。ここにこそ「人生」は、あらゆるその残滓《ざんし》を洗って、まるで新しい鉱石のように、美しく作者の前に、輝《かがや》いているではないか。……

＊　＊　＊　＊　＊

その間も茶の間の行灯のまわりでは、姑《しゅうと》のお百《ひゃく》と、嫁《よめ》のお路《みち》とが、向かい合って縫《ぬ》い物を続けている。太郎《たろう》はもう寝《ね》かせたのであろう。少し離《はな》れた所には尫弱《おうじゃく》らしい宗伯《そうはく》が、さっきから丸薬をまろめるのに忙《いそが》しい。

「お父様《とっさん》はまだ寝ないかねえ。」

やがてお百は、針へ髪《かみ》の油をつけながら、不服らしくつぶやいた。

「きっとまたお書きもので、夢中になっていらっしゃるのでしょう。」

毀誉　けなすこととほめること。
味到　事柄《ことがら》の内容や情感を味わい知ること。
残滓　残りかす。
尫弱　か弱い、ひ弱なこと。

お路は眼を針から離さずに、返事をした。

「困り者だよ。ろくなお金にもならないのにさ。」

お百はこう言って、倅《せがれ》と嫁《よめ》とを見た。宗伯は聞こえないふりをして、答えない。お路も黙《だま》って、針を運びつづけた。蟋蟀《こおろぎ》はここでも、書斎《しょさい》でも、変わりなく秋を鳴きつくしている。


——大正六年十一月——

地《じ》獄《ごく》変《へん》

一

堀川《ほりかわ》の大殿様《おおとのさま》のようなかたは、これまではもとより、後の世にも恐《おそ》らく二人とはいらっしゃいますまい。噂《うわさ》に聞きますと、あのかたの御誕《ご》生になる前には、大威徳明王《だいいとくみょうおう》の御《おん》姿が御《おん》母君の夢枕《まくら》にお立ちになったとか申すことでございますが、とにかくお生まれつきから、並々の人間とはお違《ちが》いになっていたようでございます。でございますから、あのかたのなさいましたことには、一つとして私どもの意表に出ていないものはございません。早い話が堀川のお邸《やしき》のご規模を拝見いたしましても、壮大《そうだい》と申しましょうか、豪放《ごうほう》と申しましょうか、とうてい私どもの凡慮《ぼんりょ》には及《およ》ばない、思いきったところがあるようでございます。なかにはまた、そこをいろいろとあげつらって大殿様のご性行を始皇帝《しこうてい》や煬帝《ようだい》に比べるものもございますが、それは諺《ことわざ》にいう群盲《ぐんもう》の象を撫《な》でるようなものでもございましょうか。あのかたのお思《おぼ》し召《め》しは、

地獄変
亡者《もうじゃ》が受ける地獄の恐《おそ》ろしさを描《えが》いた図。

堀川
京都市西部にある川の名と同じくその地名。

大威徳明王
西方を守り、毒《どく》蛇悪竜《へびあくりゅう》を平伏《へいふく》させる大威徳尊。

始皇帝
秦《しん》の第一皇帝。万里《ばんり》の長城《ちょうじょう》を築いた。

煬帝
隋《ずい》の第二皇帝。父を殺して王位につく。

決してそのようにご自分ばかり、栄耀栄華《えいようえいが》をなさろうと申すのではございません。それよりはもっと下々《しもじも》のことまでお考えになる、いわば天下とともに楽しむとでも申しそうな、大腹中《だいふくちゅう》のご器量がございました。

それでございますから、二条大宮《にじょうおおみや》の百鬼夜行《ひゃっきやぎょう》にお遇《あ》いになっても、格別お障《さわ》りがなかったのでございましょう。また陸奥《みちのく》の塩竈《しおがま》の景色を写したので名高いあの東三条《ひがしさんじょう》の河原院《かわらのいん》に、夜な夜な現れるという噂《うわさ》のあった融《とおる》の左大臣《さだいじん》の霊《れい》でさえ、大殿様《おおとのさま》のお叱《しか》りを受けては、姿を消したのに相違《そうい》ございますまい。かようなご威光《いこう》でございますから、そのころ洛中《らくちゅう》の老若男女《ろうにゃくなんにょ》が、大殿様と申しますと、まるで権者《ごんじゃ》の再来のように尊み合いましたも、決して無理ではございません。いつぞや、内《うち》の梅花の宴からのお帰りにお車の牛が放れて、おりから通りかかった老人に怪我《けが》をさせました時でさえ、その老人は手を合わせて、大殿様の牛にかけられたことをありがたがったと申すことでございます。

さような次第《しだい》でございますから、大殿様御《ご》一代の間には、のちのちまでも語り草になりますようなことが、ずいぶんたくさんにございました。大饗《おおみうけ》の

大腹中
度量の大きい、ふとっぱらなこと。

融の左大臣
平安前期の朝臣《あそん》、源融《みなもとのとおる》。嵯峨《さが》天皇の皇子。

大饗の引き出物
天皇の催《もよお》す大宴《えん》会《かい》で出される贈《おく》り物。

引き出物に白馬《あおうま》ばかりを三十頭、賜《たまわ》ったこともございますし、長良《ながら》の橋の橋柱にご寵愛《ちょうあい》の童《わらべ》を立てたこともございますし、それからまた華陀《かだ》の術を伝えた震旦《しんたん》の僧《そう》に、御腿《おんもも》の瘡《もがさ》をお切らせになったこともございますし、——いちいち数えたてておりましては、とても際限がございません。が、その数多いご逸事《いつじ》の中でも、今では御家《おいえ》の重宝になっております地獄変《じごくへん》の屛風《びょうぶ》の由来ほど、恐《おそ》ろしい話はございますまい。日ごろはものにお騒《さわ》ぎにならない大殿様でさえ、あの時ばかりは、さすがにお驚《おどろ》きになったようでございました。まして、お側《そば》に仕えていた私どもが、魂《たましい》も消えるばかりに思ったのは、申しあげるまでもございません。なかでもこの私なぞは、大殿様にも二十年来ご奉公《ほうこう》申しておりましたが、それでさえ、あのようなすさまじい見ものに出遇《であ》ったことは、ついぞまたとなかったくらいでございます。

しかし、そのお話を致《いた》しますには、あらかじめまず、あの地獄変の屛風を描《か》きました、良秀《よしひで》と申す絵師のことを申しあげておく必要がございましょう。

橋柱　橋の工事が難航した時に立てる人柱。

瘡　はれもの、できもののこと。

二

良秀《よしひで》と申しましたら、あるいはただ今でもなお、あの男のことを覚えていらっしゃるかたがございましょう。そのころ絵筆をとりましては、良秀の右に出るものは一人もあるまいと申されたくらい、高名な絵師でございます。あの時のことがございました時には、かれこれもう五十の坂に、手がとどいておりましたろうか。見たところはただ、背の低い、骨と皮ばかりにやせた、意地の悪そうな老人でございました。それが大殿様《おおとのさま》のお邸《やしき》へ参ります時には、よく丁子《ちょうじ》染めの狩衣《かりぎぬ》に揉烏帽子《もみえぼし》をかけておりましたが、人がらはいたって卑《いや》しいかたで、なぜか年よりらしくもなく、唇《くちびる》の目だって赤いのが、そのうえにまた気味の悪い、いかにも獣《けもの》めいた心もちを起こさせたものでございます。なかにはあれは絵筆を舐《な》めるので紅がつくのだなどと申した人もおりましたが、どういうものでございましょうか。もっともそれより口の悪い誰彼《だれかれ》は、良秀の立ち居振《ふ》る舞《ま》いが猿《さる》のようだとか申しまして、猿秀《さるひで》という諢名《あだな》までつ

高名　名高いこと。有名なこと。

丁子染め　薄《うす》赤に黄色を帯びたやや黒い染め色。

けたことがございました。

いや猿秀と申せば、かようなお話もございます。そのころ大殿様のお邸には、十五になる良秀の一人娘《むすめ》が、小女房《こにょうぼう》に上がっておりましたが、これはまた生みの親には似もつかない、愛嬌《あいきょう》のある娘《こ》でございました。そのうえ早く女親に別れましたせいか、思いやりの深い、年よりはませた、悧巧《りこう》な生まれつきで、年の若いのにも似ず、なにかとよく気がつくものでございますから、御台様《みだいさま》をはじめほかの女房たちにも、可愛《かわい》がられていたようでございます。

するとなにかのおりに、丹波《たんば》の国から人馴《な》れた猿を一匹《ぴき》、献上《けんじょう》したものがございまして、それにちょうど悪戯盛《いたずらざか》りの若殿様《わかとのさま》が、良秀という名をおつけになりました。ただでさえその猿の容子が可笑《おか》しいところへ、かような名がついたのでございますから、お邸じゅう誰一人笑わないものはございません。それも笑うばかりならよろしゅうございますが、おもしろ半分に皆《みな》のものが、やれお庭の松に上ったの、やれ曹司《ぞうし》の畳《たたみ》をよごしたのと、そのたびごとに、良秀良秀と呼びたてては、とにかくいじめたがるのでございます。

ところがある日のこと、前に申しました良秀の娘が、お文《ふみ》を結んだ寒紅梅

小女房
貴族の家に仕える侍女《じじょ》。

御台様
大臣・大将・将軍家などの妻のこと。

曹司
65ページ注参照。

の枝を持って、長いお廊下《ろうか》を通りかかりますと、遠くの遣《や》り戸の向こうから、例の小猿《こざる》の良秀が、おおかた足でも挫《くじ》いたのでございましょう、いつものように柱へ駆《か》け上る元気もなく、びっこを引き引き、一散に、逃《に》げてまいるのでございます。しかもその後からは楚《すわえ》をふり上げた若殿様《わかとのさま》が「柑子盗人《こうじぬすびと》め、待て。待て。」とおっしゃりながら、追いかけていらっしゃるのではございませんか。良秀の娘《むすめ》はこれを見ますと、ちょいとの間ためらったようでございますが、ちょうどその時逃げてきた猿が、袴《はかま》の裾《すそ》にすがりながら、哀《あわ》れな声を出して啼《な》きたてました――と、急に可哀《かわい》そうだと思う心が、抑《おさ》えきれなくなったのでございましょう。片手に梅の枝をかざしたまま、片手に紫匂《むらさきにお》いの袿《うちぎ》の袖《そで》を軽そうにはらりと開きますと、やさしくその猿を抱《だ》き上げて、若殿様の御前《ごぜん》に小腰《こごし》をかがめながら「恐《おそ》れながら畜生《ちくしょう》でございます。どうかご勘弁《かんべん》あそばしまし。」と、涼《すず》しい声で申しあげました。

が、若殿様のほうは、気負って駆けておいでになったところでございますから、むずかしいお顔をなすって、二三度おみ足をお踏《ふ》み鳴らしになりながら、

楚　むちに仕立てた小枝。

柑子　みかん。

袿　内着のこと。平安期の女性の上衣の下に着る。

畜生　人に養われて生きるしかない動物の総称《そうしょう》。

「なんでかばう。その猿は柑子盗人だぞ。」

「畜生でございますから、……」

娘はもう一度こう繰《く》り返しましたがやがて寂《さび》しそうにほほ笑《え》みますと、

「それに良秀と申しますと、父がご折檻《せっかん》を受けますようで、どうもただ見てはおられませせぬ。」と、思いきったように申すのでございます。これにはさすがの若殿様も、我《が》をお折りになったのでございましょう。

「そうか。父親の命乞《ご》いなら、枉《ま》げて赦《ゆる》してとらすとしよう。」

不承無承にこうおっしゃると、楚をそこへお捨てになって、元いらしった遣り戸の方へ、そのままお帰りになってしまいました。

折檻　厳しく責めさいなむこと。

不承無承　30ページ注参照。

三

良秀《よしひで》の娘とこの小猿との仲がよくなったのは、それからのことでございます。娘はお姫様《ひめさま》から頂戴《ちょうだい》した黄金《こがね》の鈴《すず》を、美しい真紅《しんく》の紐《ひも》に下げて、それを猿の頭へ懸《か》けてやりますし、猿はまたどんなことがございましても、めったに娘《むすめ》の身のまわりを離《はな》れません。ある時娘の風邪《かぜ》の心地《ここち》で、床《とこ》に就《つ》きました時なども、小猿《こざる》はちゃんとその枕《まくら》もとに座《すわ》りこんで、気のせいか心細そうな顔をしながら、しきりに爪《つめ》を噛《か》んでおりました。

こうなるとまた妙《みょう》なもので、誰《だれ》も今までのようにこの小猿を、いじめるものはございません。いや、かえってだんだん可愛《かわい》がり始めて、しまいには若《わか》殿様《とのさま》でさえ、ときどき柿《かき》や栗《くり》を投げておやりになったばかりか、侍《さむらい》の誰やらがこの猿を足蹴《あしげ》にした時なぞは、たいそうご立腹にもなったそうでございます。その後大殿様《おおとのさま》がわざわざ良秀の娘に猿を抱《だ》いて、御前《ごぜん》へ出るようと御沙《ごさ》汰《た》になったのも、この若殿様のご腹立ちになった話を、お聞きになってからだとか申しました。そのついでに自然と娘の猿を可愛がる所由《いわれ》もお耳にはいったのでございましょう。

「孝行な奴《やつ》じゃ。褒《ほ》めてとらすぞ。」

かような御意《ぎょい》で、娘はその時、紅《くれない》の袙《あこめ》をご褒美《ほうび》にいただきました。ところがこの袙をまた見よう見真似《まね》に、猿が恭《うやうや》しく押《お》しいただきましたので、大殿様のご機嫌《きげん》は、ひとしおよろしかったそうでございます。でございますから、

御意
お考え、お心、仰《おお》せのこと。

袙
宮廷奉仕する男女の下着。

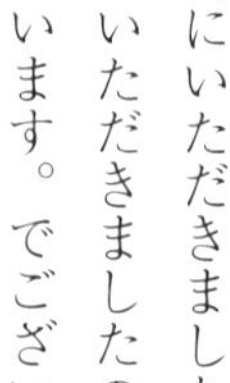

大殿様が良秀の娘をごひいきになったのは、全くこの猿を可愛がった、孝行恩愛の情をご賞美なすったので、決して世間でとやかく申しますように、色をお好みになったわけではございません。もっともかような噂《うわさ》のたちました起こりも、無理のないところがございますが、それはまた後になって、ゆっくりお話しいたしましょう。ここではただ大殿様が、いかに美しいにしたところで、絵師風情《ふぜい》の娘などに、想《おも》いをお懸《か》けになるかたではないということを、申しあげておけば、よろしゅうございます。

さて良秀の娘は、面目《めんぼく》を施《ほどこ》して御前を下がりましたが、もとより悧巧《りこう》な女でございますから、はしたないほかの女房《にょうぼう》たちの妬《ねた》みを受けるようなこともございません。かえってそれ以来、猿と一しょになにかといとしがられまして、とりわけお姫様《ひめさま》のお側《そば》からはお離れ申したことがないといってもよろしいくらい、物見車《ものみぐるま》のお供にもついぞ欠けたことはございませんでした。

が、娘のことはひとまずおきまして、これからまた親の良秀のことを申しあげましょう。なるほど猿のほうは、かようにまもなく、皆《みな》のものに可愛がられるようになりましたが、肝腎《かんじん》の良秀はやはり誰にでも嫌《きら》われて、あい変

面目を施す　世間に対する名《めい》誉《よ》をあらわし示す。

物見車　祭礼などの見物客の乗った牛車《ぎっしゃ》。

わらず陰《かげ》へまわっては、猿秀呼《さるひで》ばわりをされておりました。しかもそれがまた、お邸《やしき》の中ばかりではございません。現に横川《よかわ》の僧都様《そうずさま》も、良秀と申しますと、魔障《ましょう》にでもお遇《あ》いになったように、顔の色を変えて、お憎《にく》みあそばしました。（もっともこれは良秀が僧都様のご行状を戯《ざ》れ画《え》に描《か》いたからだなどと申しますが、なにぶん下《しも》ざまの噂《うわさ》でございますから、確かに左様とは申されますまい。）とにかく、あの男の不評判は、どちらのかたに伺《うかが》いましても、そういう調子ばかりでございます。もし悪くいわないものがあったといたしますと、それは二三人の絵師仲間か、あるいはまた、あの男の絵を知ってるだけで、あの男の人間は知らないものばかりでございましょう。

しかし実際、良秀には、見たところが卑《いや》しかったばかりでなく、もっと人に嫌《いや》がられる悪い癖《くせ》があったのでございますから、それも全く自業自得《じごうじとく》とでもなすよりほかに、いたしかたはございません。

四

横川　比叡山《ひえいざん》にある延《えん》暦寺《りゃくじ》の三塔《とう》の一つ。その堂塔および地域をいう。
行状　日々の行い、身持ち、品行。
戯れ画　ふざけて描《か》いた絵。風刺《ふうし》的な絵。
吝嗇　けちなこと。
慳貪　情け心のないこと。
*檜垣　ひのきの薄《うす》い板を斜《なな》めに交差させて作る垣根《かきね》。

その癖と申しますのは、吝嗇《りんしょく》で、慳貪《けんどん》で、恥《はじ》知らずで、怠《なま》けもので、強欲《ごうよく》で――いや、その中でもとりわけ甚《はなは》だしいのは、横柄《おうへい》で高慢《こうまん》で、いつも本朝第一の絵師と申すことを、鼻の先へぶら下げていることでございましょう。それも画道のうえばかりならまだしもでございますが、あの男の負け惜《お》しみになりますと、世間の習慣《ならわし》とか慣例《しきたり》とか申すようなものまで、すべて莫迦《ばか》に致《いた》さずにはおかないのでございます。これは永年良秀《よしひで》の弟子《でし》になっていた男の話でございますが、ある日さるかたのお邸で名高い檜垣《ひがき》の巫女《みこ》に御霊《ごりょう》が憑《つ》いて、恐《おそ》ろしいご託宣《たくせん》があった時も、あの男は空耳を走らせながら、有り合わせた筆と墨《すみ》とで、その巫女のもの凄《すご》い顔を、丁寧《ていねい》に写しておったとか申しました。おおかた御霊のお祟《たた》りも、あの男の眼《め》から見ましたなら、子供欺《だま》しくらいにしか思われないのでございましょう。

さような男でございますから、吉祥天《きっしょうてん》を描《か》く時は、卑しい傀儡《くぐつ》の顔を写しましたり、不動明王《ふどうみょうおう》を描く時は、無頼《ぶらい》の放免《ほうめん》の姿をかたどりましたり、いろいろのもったいないまねを致しましたが、それでも当人をなじりますと「良秀の描いた神仏が、その良秀に冥罰《みょうばつ》をあてられるとは、異《い》なことを聞くもの

ご託宣　神が人にのりうつり、その意思を告げ知らせる。

吉祥天　人々に福徳を与《あた》える美女の仏。

傀儡　あやつり人形を使いながら旅する芸人、遊女。

不動明王　怒《いか》りの形相を示す悪魔《あくま》を降伏《こうふく》させる不動明尊。

放免　軽い罪を許されて、検非違使に使われている下《げ》僕《ぼく》。

じゃ。」とそらうそぶいているではございませんか。これにはさすがの弟子《でし》たちも呆《あき》れかえって、なかには未来の恐《おそ》ろしさに、匆々暇《そうそうひま》をとったものも、少なくなかったように見うけました。――まず一口に申しましたなら、慢業《まんごう》重畳《ちょうじょう》とでも名づけましょうか。とにかく当時天《あめ》が下《した》で、自分ほどの偉《えら》い人間はないと思っていた男でございます。

したがって良秀がどのくらい画道でも、高く止まっておりましたかは、申しあげるまでもございますまい。もっともその絵でさえ、あの男のは筆使いでも彩色《さいしき》でも、まるでほかの絵師とは違《ちが》っておりましたから、仲の悪い絵師仲間では、山師だなどと申す評判も、だいぶあったようでございます。その連中の申しますには、川成《かわなり》とか金岡《かなおか》とか、そのほか昔の名匠《めいしょう》の筆になった物と申しますと、やれ板戸の梅の花が、月の夜ごとに匂《にお》ったの、やれ屏風《びょうぶ》の大宮人が、笛を吹《ふ》く音さえ聞こえたのと、優美な噂《うわさ》がたっているものでございますが、良秀の絵になりますと、いつでも必ず気味の悪い、妙《みょう》な評判だけしか伝わりません。たとえばあの男が龍蓋寺《りゅうがいじ》の門へ描《か》きました、五趣生死《ごしゅしょうじ》の絵にいたしましても、夜更《ふ》けて門の下を通りますと、天人の嘆息《ためいき》をつく音や

冥罰　神や仏が人知れず下す罰。

匆々　早々と。急いで。

五趣生死　生前の行いによって、死後、天上・人間・地獄《じごく》・畜生《ちくしょう》・餓鬼《がき》のいずれかにおもむく、ということ。

啜《すす》り泣きをする声が、聞こえたと申すことでございます。いや、なかには死人の腐《くさ》っていく臭気《しゅうき》を、嗅《か》いだと申すものさえございました。それから大殿《おおとの》様《さま》のお言いつけで描いた、女房《にょうぼう》たちの似せ絵なども、その絵に写されただけの人間は、三年とたたないうちに、皆魂《みなたましい》の抜《ぬ》けたような病気になって、死んだと申すではございませんか。悪くいうものに申させますと、それが良秀の絵の邪道《じゃどう》に落ちている、なによりの証拠《しょうこ》だそうでございます。

が、なにぶん前にも申しあげましたとおり、横紙破りな男でございますから、それがかえって良秀は大自慢《おおじまん》で、いつぞや大殿様がご冗談《じょうだん》に、「その方はとかく醜《みにく》いものが好きとみえる。」とおっしゃった時も、あの年に似ず赤い唇《くちびる》でにやりと気味悪く笑いながら、「さようでござりまする。かいなでの絵師には総じて醜いものの美しさなどと申すことは、わかろうはずがございませぬ。」と、横柄《おうへい》にお答え申しあげました。いかに本朝第一の絵師にいたせ、よくも大殿様の御前《ごぜん》へ出て、そのような高言が吐《は》けたものでございます。先刻引き合いに出しました弟子が、内々師匠《ししょう》に「智羅永寿《ちらえいじゅ》」という諢名《あだな》をつけて、増長慢《ぞうちょうまん》を譏《そし》っておりましたが、それも無理はございません。ご承知でも

横紙破り　習慣に外れたことを無理にでも行おうとすること。

かいなで　未熟なこと。

増長慢　つけあがって人をあなどること。

ございましょうが、「智羅永寿《ちらえいじゅ》」と申しますのは、昔震旦《しんたん》から渡《わた》ってまいりました天狗《てんぐ》の名でございます。

しかしこの良秀にさえ――このなんともいいようのない、横道者《おうどうもの》の良秀にさえ、たった一つ人間らしい、情愛のあるところがございました。

五

と申しますのは、良秀《よしひで》が、あの一人娘《むすめ》の小女房《こにょうぼう》をまるで気違《きちが》いのように可《か》愛《わい》がっていたことでございます。先刻申しあげましたとおり、娘もいたって気のやさしい、親思いの女でございましたが、あの男の子煩悩《こぼんのう》は、決してそれにも劣《おと》りますまい。なにしろ娘の着る物とか、髪飾《かみかざ》りとかのことと申しますと、どこのお寺の勧進《かんじん》にも喜捨をしたことのないあの男が、金銭には更《さら》に惜《お》し気もなく、整えてやるというのでございますから、嘘《うそ》のような気が致《いた》すではございませんか。

が、良秀の娘を可愛がるのは、ただ可愛がるだけで、やがてよい聟《むこ》をとろ

勧進　社寺・仏像の建《こん》立《りゅう》や修《しゅう》繕《ぜん》に金品をつのること。
喜捨　貧しい人に喜んでほどこしをすること。

うなどと申すことは、夢にも考えておりません。それどころか、あの娘へ悪く言い寄るものでもございましたら、かえって辻冠者《つじかんじゃ》ばらでも駆《か》り集めて、暗《やみ》打ちくらいは食わせかねない量見でございます。でございますから、あの娘が大殿様《おおとのさま》のお声がかりで、小女房に上がりました時も、老爺《おやじ》のほうは大不服で、当座の間は御前《ごぜん》へ出ても、苦りきってばかりおりました。大殿様が娘の美しいのにお心を惹《ひ》かされて、親の不承知なのもかまわずに、召《め》し上げたなどと申す噂《うわさ》は、おおかたかような容子を見たものの当て推量から出たのでございましょう。

もっともその噂は嘘でございましても、子煩悩の一心から、良秀が始終娘の下がるように祈《いの》っておりましたのは確かでございます。ある時大殿様のお言いつけで、稚児文殊《ちごもんじゅ》を描《か》きました時も、ご寵愛《ちょうあい》の童《わらべ》の顔を写しまして、みごとなできでございましたから、大殿様も至極《しごく》ご満足で、

「褒美《ほうび》には望みの物を取らせるぞ。遠慮《えんりょ》なく望め。」というありがたいおことばが下りました。すると良秀は畏《かしこ》まって、何を申すかと思いますと、

「なにとぞ私の娘をばお下げくださいまするように。」と臆面《おくめん》もなく申しあげ

辻冠者ばら　町に横行する無法な行いをする若者。

稚児文殊　童子の姿をした知恵《ちえ》をつかさどる菩薩《ぼさつ》。

ました。ほかのお邸《やしき》ならばともかくも、堀川《ほりかわ》の大殿様《おおとのさま》のお側《そば》に仕えているのを、いかに可愛《かわい》いからと申しまして、かようにぶしつけにお暇《いとま》を願いますものが、どこの国におりましょう。これには大腹中《だいふくちゅう》の大殿様もいささかご機嫌《きげん》を損じたとみえまして、しばらくはただ黙《だま》って良秀の顔を眺《なが》めておいでになりましたが、やがて、

「それはならぬ。」と吐《は》き出すようにおっしゃると、急にそのままお立ちになってしまいました。かようなことが、前後四五遍《へん》もございましたろうか。今になって考えてみますと、大殿様の良秀をご覧になる眼《め》は、そのつどにだんだんと冷ややかになっていらしったようでございます。するとまた、それにつけても、娘《むすめ》のほうは父親の身が案じられるせいでもございますか、曹《ぞう》司《し》へ下がっている時などは、よく袿《うちぎ》の袖《そで》を嚙《か》んで、しくしく泣いておりました。そこで大殿様が良秀の娘に懸想《けそう》なすったなどと申す噂《うわさ》が、いよいよ広がるようになったのでございましょう。なかには地獄変《じごくへん》の屛風《びょうぶ》の由来も、実は娘が大殿様の御意《ぎょい》に従わなかったからだなどと申すものもおりますが、もとよりさようなことがあるはずはございません。

懸想　恋い慕《した》うこと、求愛すること。

私どもの眼から見ますと、大殿様が良秀の娘をお下げにならなかったのは、全く娘の身の上を哀《あわ》れに思《おぼ》し召《め》したからで、あのように頑《かたく》なな親の側へやるよりはお邸に置いて、なんの不自由なく暮らさせてやろうというありがたいお考えだったようでございます。それはもとより気だての優《やさ》しいあの娘を、ごひいきになったのにはまちがいございません。が、色をお好みになったと申しますのは、恐《おそ》らく牽強附会《けんきょうふかい》の説でございましょう。いや、跡《あと》かたもない嘘《うそ》と申したほうが、よろしいくらいでございます。

それはともかくもといたしまして、かように娘のことから良秀のお覚えがだいぶ悪くなってきた時でございます。どう思し召したか、大殿様は突然《とつぜん》良秀をお召しになって、地獄変の屛風を描《か》くようにと、お言いつけなさいました。

牽強附会　都合のよいように無理にこじつけること。

六

地獄変の屛風と申しますと、私はもうあの恐ろしい画面の景色が、ありありと眼《め》の前へ浮《う》かんでくるような気がいたします。
　同じ地獄変《じごくへん》と申しましても、良秀《よしひで》の描《か》きましたのは、ほかの絵師のに比べますと、だいいち図取りから似ておりません。それは一帖《じょう》の屛風《びょうぶ》の片隅《かたすみ》へ、小さく十王をはじめ眷属《けんぞく》たちの姿を描《えが》いて、あとは一面に紅蓮大紅蓮《ぐれんだいぐれん》の猛火《もうか》が剣山刀樹《けんざんとうじゅ》も爛《ただ》れるかと思うほど渦《うず》を巻いておりました。でございますから、唐《から》めいた冥官《みょうかん》たちの衣裳《いしょう》が、点々と黄や藍《あい》を綴《つづ》っておりますほかは、どこを見ても烈《れつ》々とした火焔《かえん》の色で、その中をまるで卍《まんじ》のように、墨《すみ》を飛ばした黒《くろ》煙《けむり》と金粉を煽《あお》った火の粉とが、舞《ま》い狂《くる》っているのでございます。
　こればかりでも、ずいぶん人の目を驚《おどろ》かす筆勢でございますが、そのうえにまた、業火《ごうか》に焼かれて、転々と苦しんでおります罪人も、ほとんど一人として通例の地獄絵にあるものはございません。なぜかと申しますと良秀は、この多くの罪人の中に、上は月卿雲客《げっけいうんかく》から下《しも》は乞食非人《こつじきひにん》まで、あらゆる身分の人間を写してきたからでございます。束帯《そくたい》のいかめしい殿上人《てんじょうびと》、五つ衣《ぎぬ》のなまめかしい青女房《あおにょうぼう》、珠数《じゅず》をかけた念仏僧《そう》、高足駄《たかあしだ》をはいた侍学生《さむらいがくしょう》、細《ほそ》長《なが》を着た女《め》の童《わらわ》、幣《みてぐら》をかざした陰陽師《おんみょうじ》――いちいち数えたてておりました

十王
地獄《じごく》にいて亡者《もうじゃ》を裁く十人の王。

眷属
従者、配下のもの。

冥官
地獄の裁判官。

月卿雲客
貴族・公卿《くぎょう》ら身分の高い人々のこと。

束帯
宮廷《きゅうてい》の行事に着用した正式な服装、礼服。

陰陽師
天文や占《うらな》い、地相などを司《つかさど》る職。

ら、とても際限はございますまい。とにかくそういういろいろの人間が、火と煙とが逆まく中を、牛頭馬頭《ごずめず》の獄卒《ごくそつ》に虐《さいな》まれて、大風に吹き散《ふ》らされる落ち葉のように、紛々《ふんぷん》と四方八方へ逃《に》げ迷っているのでございます。鋼叉《さすまた》に髪《かみ》をからまれて、蜘蛛《くも》よりも手足を縮めている女は、神巫《かんなぎ》の類《たぐ》いででもございましょうか。手矛《てほこ》に胸を刺《さ》し通されて、蝙蝠《かわほり》のように逆さまになった男は、生受領《なまずりょう》か何かに相違《そうい》ございますまい。そのほかあるいは鉄《くろがね》の笞《しもと》に打たれるもの、あるいは千曳《ちび》きの磐石《ばんじゃく》に押《お》されるもの、あるいは怪鳥《けちょう》のくちばしにかけられるもの、あるいはまた毒竜《りゅう》の顎《あぎと》に嚙《か》まれるもの——、呵責《かしゃく》もまた罪人の数に応じて、幾《いく》通りあるかわかりません。

が、その中でも殊《こと》に一つ目だってすさまじく見えるのは、まるで獣《けもの》の牙《きば》のような刀樹の頂を半ばかすめて（その刀樹の梢《こずえ》にも、多くの亡者《もうじゃ》が累《るい》々と、五体を貫《つらぬ》かれておりましたが）中空《なかぞら》から落ちてくる一輛《りょう》の牛車《ぎっしゃ》でございましょう。地獄の風に吹き上げられた、その車の簾《すだれ》の中には、女御《にょうご》、更衣《こうい》にもまがうばかり、綺羅《きら》びやかに装《よそお》った女房が、丈《たけ》の黒髪《くろかみ》を炎《ほのお》の中になびかせて、白い頸《うなじ》を反らせながら、悶《もだ》え苦しんでおりますが、その女房の姿と申し、ま

鋼叉　乱暴する者を捕《と》らえる時に使う鉄製の棒。

生受領　実力や権力のない国司。

千曳きの磐石　千人もの人がかからなければ動かない大石。

累々と　延々と重なり合うさま。

た燃えしきっている牛車《ぎっしゃ》と申し、なにひとつとして炎熱地獄《えんねつじごく》の責め苦を偲《しの》ばせないものはございません。いわば広い画面の恐《おそ》ろしさが、この一人の人物に輳《あつま》っているとでも申しましょうか。これを見るものの耳の底には、自然ともの凄《すご》い叫喚《きょうかん》の声が伝わってくるかと疑うほど、入神のできばえでございました。

ああ、これでございます、これを描《か》くために、あの恐ろしいできごとが起こったのでございます。またさもなければいかに良秀でも、どうしてかように生き生きと奈落《ならく》の苦艱《くかん》が画《えが》かれましょう。あの男はこの屏風《びょうぶ》の絵を仕上げたかわりに、命さえも捨てるような、無惨《むざん》なめに出遇《であ》いました。いわばこの絵の地獄は、本朝第一の絵師良秀が、自分でいつか堕《お》ちていく地獄だったのでございます。……

私はあの珍《めず》しい地獄変の屏風のことを申しあげますのを急いだあまりに、あるいはお話の順序を顚倒《てんとう》いたしたかもしれません。が、これからはまた引き続いて、大殿様《おおとのさま》から地獄絵を描けと申す仰《おお》せを受けた良秀のことに移りましょう。

叫喚
大声でわめき叫《さけ》ぶこと。地獄《じごく》の様子。

奈落
地獄のこと。

七

良秀《よしひで》はそれから五六か月の間、まるでお邸《やしき》へも伺《うかが》わないで、屛風の絵にばかりかかっておりました。あれほどの子煩悩《こぼんのう》がいざ絵を描くという段になりますと、娘《むすめ》の顔を見る気もなくなると申すのでございますから、不思議なものではございませんか。先刻申しあげました弟子《でし》の話では、なんでもあの男は仕事にとりかかりますと、まるで狐《きつね》でも憑《つ》いたようになるらしゅうございます。いや実際当時の風評に、良秀が画道で名をなしたのは、福徳の大神《おおがみ》に祈誓《きせい》をかけたからで、その証拠《しょうこ》にはあの男が絵を描いているところを、そっと物陰《ものかげ》からのぞいてみると、必ず陰《いん》々として霊狐《れいこ》の姿が、一匹《ぴき》ならず前後左右に、群がっているのが見えるなどと申す者もございました。そのくらいでございますから、いざ絵筆を取るとなると、その絵を描き上げるというよりほかは、なにもかも忘れてしまうのでございましょう。昼も夜も一間に閉じこもったきりで、めったに日の目も見たことはございません。——殊《こと》に地獄変の屏風《びょうぶ》を描《か》いた時には、こういう夢中になり方が、甚《はなは》だしかったようでございます。

と申しますのはなにもあの男が、昼も蔀《しとみ》を下ろした部屋の中で、結灯台《ゆいとうだい》の火の下《もと》に、秘密の絵の具を合わせたり、あるいは弟子《でし》たちを、水干《すいかん》やら狩衣《かりぎぬ》やら、さまざまに着飾《きかざ》らせて、その姿を、一人ずつ丁寧《ていねい》に写したり、――そういうことではございません。それくらいの変わったことなら、別にあの地《じ》獄変《ごくへん》の屏風を描かなくとも、仕事にかかっている時とさえ申しますと、いつでもやりかねない男なのでございます。いや、現に龍蓋寺《りゅうがいじ》の五趣生死《ごしゅしょうじ》の図を描きました時などは、あたりまえの人間なら、わざと眼《め》をそらせて行くあの往来の死骸《しがい》の前へ、悠《ゆう》々と腰《こし》を下ろして、半ば腐《くさ》れかかった顔や手足を、髪《かみ》の毛一すじも違《たが》えずに、写してまいったことがございました。では、その甚だしい夢中になり方とは、いったいどういうことを申すのか、さすがにおわかりにならないかたもいらっしゃいましょう。それはただ今詳《くわ》しいことは申しあげている暇《ひま》もございませんが、主な話をお耳に入れますと、だいたいまず、かような次第《しだい》なのでございます。

結灯台
三本の木を中央で結び、下を広げ支えにし、上に油皿を置いて火をつける台。

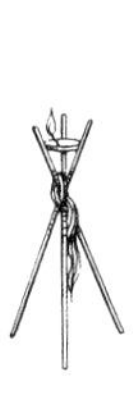

良秀の弟子の一人が（これもやはり、前に申した男でございますが）ある日絵の具を溶《と》いておりますと、急に師匠《ししょう》が参りまして、

「おれは少し午睡《ひるね》をしようと思う。がどうもこのごろは夢見が悪い。」とこう申すのでございます。別にこれは珍《めずら》しいことでもなんでもございませんから、弟子は手を休めずに、ただ、

「さようでございますか。」とひととおりの挨拶《あいさつ》を致《いた》しました。ところが、良秀は、いつになく寂《さび》しそうな顔をして、

「ついては、おれが午睡をしている間じゅう、枕《まくら》もとに座《すわ》っていてもらいたいのだが。」と、遠慮《えんりょ》がましく頼《たの》むではございませんか。弟子はいつになく、師匠が夢なぞを気にするのは、不思議だと思いましたが、それも別に造作《ぞうさ》のないことでございますから、

「よろしゅうございます。」と申しますと、師匠はまだ心配そうに、

「ではすぐに奥《おく》へ来てくれ。もっともあとでほかの弟子が来ても、おれの睡《ねむ》っている所へは入れないように。」と、ためらいながら言いつけました。奥と申しますのは、あの男が画《え》を描きます部屋で、その日も夜のように戸を立

てきった中に、ぼんやりと灯《ひ》をともしながら、まだ焼き筆で図取りだけしかできていない屏風《びょうぶ》が、ぐるりと立てまわしてあったそうでございます。さてここへ参りますと、良秀は肘《ひじ》を枕《まくら》にして、まるで疲《つか》れきった人間のように、すやすや、睡入《ねい》ってしまいましたが、ものの半時とたちませんうちに、枕もとにおります弟子《でし》の耳には、なんともかとも申しようのない、気味の悪い声がはいり始めました。

焼き筆　下絵をかくのに用いる木の端《はし》を焼き焦《こ》がした筆。

八

それが始めはただ、声でございましたが、しばらくしますと、しだいにきれぎれな語《ことば》になって、いわば溺《おぼ》れかかった人間が水の中で呻《うな》るように、かようなことを申すのでございます。

「なに、おれに来いと言うのだな。——どこへ——どこへ来いと？　奈落《ならく》へ来い。炎熱地獄《えんねつじごく》へ来い。——誰《だれ》だ。そういう貴様は。——貴様は誰だ——誰だと思ったら」

弟子は思わず絵の具を溶《と》く手をやめて、恐《おそ》る恐る師匠《ししょう》の顔を、のぞくようにして透《す》かして見ますと、皺《しわ》だらけな顔が白くなった上に大粒《おおつぶ》な汗《あせ》を滲《にじ》ませながら、唇《くちびる》のかわいた、歯の疎《まば》らな口を喘《あえ》ぐように大きく開けております。そうしてその口の中で、なにか糸でもつけて引っぱっているかと疑うほど、目まぐるしく動くものがあると思いますと、それがあの男の舌だったと申すではございませんか。きれぎれな語はもとより、その舌から出てくるのでございます。

「誰だと思ったら——うん、貴様だな。おれも貴様だろうと思っていた。なに、迎《むか》えに来たと？　だから来い。奈落へ来い。奈落には——奈落にはおれの娘《むすめ》が待っている。」

その時、弟子の眼《め》には、朦朧《もうろう》とした異形《いぎょう》の影《かげ》が、屏風の面《おもて》をかすめてむらむらと下《お》りてくるように見えたほど、気味の悪い心もちが致《いた》したそうでございます。もちろん弟子はすぐに良秀《よしひで》に手をかけて、力のあらん限り揺《ゆ》り起こしましたが、師匠はなお夢現《ゆめうつつ》に独り語《ごと》を言いつづけて、容易に眼のさめる気《け》色《しき》はございません。そこで弟子は思いきって、側《かたわら》にあった筆洗の水を、ざぶ

朦朧　おぼろげで物事が見分けがたいさま。

異形　あやしい異様な姿。

りとあの男の顔へ浴びせかけました。

「待っているから、この車へ乗ってこい——この車へ乗って、奈落《ならく》へ来い——」という語《ことば》がそれと同時に、喉《のど》をしめられるような呻《うめ》き声に変わったと思いますと、やっと良秀は眼《め》を開いて、針で刺《さ》されたよりも慌《あわ》ただしく、やにわにそこへはね起きましたが、まだ夢の中の異類異形《いるいいぎょう》が、まぶたの後ろを去らないのでございましょう。しばらくはただ恐《おそ》ろしそうな眼つきをして、やはり大きく口を開きながら、空を見つめておりましたが、やがて我に返った容子で、

「もうよいから、あちらへ行ってくれ。」と、今度はいかにも素っ気なく、言いつけるのでございます。弟子《でし》はこういう時に逆らうと、いつでも大小言《おおこごと》を言われるので、匆々《そうそう》師匠《ししょう》の部屋から出てまいりましたが、まだ明るい外の日の光を見た時には、まるで自分が悪夢から覚めたような、ほっとした気が致《いた》したとか申しておりました。

しかしこれなぞはまだよいほうなので、その後一月ばかりたってから、今度はまた別の弟子が、わざわざ奥《おく》へ呼ばれますと、良秀はやはりうす暗い油

火の光の中で、絵筆を噛《か》んでおりましたが、いきなり弟子の方へ向き直って、「ご苦労だが、また裸《はだか》になってもらおうか。」と申すのでございます。これはその時までにも、どうかすると師匠が言いつけたことでございますから、弟子は早速《さっそく》衣類をぬぎすてて、赤裸《あかはだか》になりますと、あの男は妙《みょう》に顔をしかめながら、

「わしは鎖《くさり》で縛《しば》られた人間が見たいと思うのだが、気の毒でもしばらくの間、わしのするとおりになっていてはくれまいか。」と、そのくせ少しも気の毒らしい容子などは見せずに、冷然とこう申しました。元来この弟子は絵筆などを握《にぎ》るよりも、太刀《たち》でも持ったほうがよさそうな、逞《たくま》しい若者でございましたが、これにはさすがに驚《おどろ》いたとみえて、後《のち》々までもその時の話を致しますと、「これは師匠が気が違《ちが》って、私を殺すのではないかと思いました。」と繰《く》り返して申したそうでございます。が、良秀のほうでは、相手のぐずぐずしているのが、じれったくなってまいったのでございましょう。どこから出したか、細い鉄の鎖をざらざらと手繰《たぐ》りながら、ほとんど飛びつくような勢いで、弟子の背中へ乗りかかりますと、否応《いやおう》なしにそのまま両腕《うで》を捻《ね》じあげて、

ぐるぐる巻きに致《いた》してしまいました。そうしてまたその鎖《くさり》の端《はし》を邪慳《じゃけん》にぐいと引きましたからたまりません。弟子《でし》の体ははずみをくって、勢いよく床《ゆか》を鳴らしながら、ごろりとそこへ横倒《よこだお》しに倒れてしまったのでございます。

邪慳　慈悲《じひ》心がなく、むごくあつかうこと。

九

その時の弟子の恰好《かっこう》は、まるで酒甕《さかがめ》を転がしたようだとでも申しましょうか。なにしろ手も足も惨《むご》たらしく折り曲げられておりますから、動くのはただ首ばかりでございます。そこへ肥《ふと》った体じゅうの血が、鎖に循環《めぐり》を止められたので、顔といわず胴《どう》といわず、一面に皮膚《ひふ》の色が赤みばしってまいるではございませんか。が、良秀《よしひで》にはそれも格別気にならないとみえまして、その酒甕のような体のまわりを、あちこちとまわって眺《なが》めながら、同じような写真の図を何枚となく描《か》いております。その間、縛《しば》られている弟子の身が、どのくらい苦しかったかということは、なにもわざわざ取り立てて申しあげるまでもございますまい。

酒甕　酒を貯《たくわ》えておく甕。

が、もし何事も起こらなかったといたしましたら、この苦しみは恐《おそ》らくまだそのうえにも、つづけられたことでございましょう。幸い（と申しますより、あるいは不幸にと申したほうがよろしいかもしれません。）しばらくいたしますと、部屋の隅《すみ》にある壺《つぼ》の陰《かげ》から、まるで黒い油のようなものが、一すじ細くうねりながら、流れ出してまいりました。それが始めのうちはよほど粘《ねば》り気のあるもののように、ゆっくり動いておりましたが、だんだん滑《なめ》らかにすべり始めて、やがてちらちら光りながら、鼻の先まで流れ着いたのを眺めますと、弟子は思わず、息を引いて、

「蛇《へび》が――蛇が。」と喚《わめ》きました。その時は全く体じゅうの血が一時に凍《こお》るかと思ったと申しますが、それも無理はございません。蛇は実際もう少しで、鎖の食いこんでいる、頸《うなじ》の肉へその冷たい舌の先を触《ふ》れようとしていたのでございます。この思いもよらないできごとには、いくら横道《おうどう》な良秀でも、ぎょっと致したのでございましょう。慌《あわ》てて絵筆を投げ棄《す》てながら、とっさに身をかがめたと思うと、すばやく蛇の尾《お》をつかまえて、ぶらりと逆さまに吊《つ》り下げました。蛇は吊り下げられながらも、頭を上げて、きりきりと自分

横道　ものの道理をわきまえないこと。

の体へ巻きつきましたが、どうしてもあの男の手のところまではとどきません。

「おのれゆえに、あったら一筆《ひとふで》を仕損じたぞ。」

良秀はいまいましそうにこうつぶやくと、蛇《へび》はそのまま部屋の隅《すみ》の壺《つぼ》の中へほうりこんで、それからさも不承無承に、弟子《でし》の体へかかっている鎖《くさり》を解いてくれました。それもただ解いてくれたというだけで、肝腎《かんじん》の弟子のほうへは、優《やさ》しい言葉一つかけてはやりません。おおかた弟子が蛇に噛《か》まれるよりも、写真の一筆を誤ったのが、業腹《ごうはら》だったのでございましょう。——あとで聞きますと、この蛇もやはり姿を写すために、わざわざあの男が飼っていたのだそうでございます。

これだけのことをお聞きになったのでも、良秀の気違《きちが》いじみた、薄《うす》気味の悪い夢中になり方が、ほぼおわかりになったことでございましょう。ところが最後に一つ、今度はまだ十三四の弟子が、やはり地獄変《じごくへん》の屏風《びょうぶ》のおかげで、いわば命にもかかわりかねない、恐《おそ》ろしいめに出遇《であ》いました。その弟子は生まれつき色の白い女のような男でございましたが、ある夜のこと、なにげな

業腹　非常に腹の立つこと。

く師匠《ししょう》の部屋へ呼ばれてまいりますと、良秀は灯台の火の下《もと》で掌《てのひら》になにやら腥《なまぐさ》い肉をのせながら、見慣れない一羽の鳥を養っているのでございます。大きさはまず、世の常の猫《ねこ》ほどもございましょうか。そういえば、耳のように両方へつき出た羽毛《うもう》といい、琥珀《こはく》のような色をした、大きな円い眼《まなこ》といい、見たところもなんとなく猫に似ておりました。

十

元来良秀《よしひで》という男は、なんでも自分のしていることにくちばしを入れられるのが大嫌《きら》いで、先刻申しあげた蛇などもそうでございますが、自分の部屋の中に何があるか、いっさいそういうことは弟子たちにも知らせたことがございません。でございますから、ある時は机の上に髑髏《されこうべ》がのっていたり、ある時はまた、銀《しろがね》の椀《わん》や蒔絵《まきえ》の高坏《たかつき》が並んでいたり、その時描《か》いている画《え》しだいで、ずいぶん思いもよらない物が出ておりました。が、ふだんはかようなる品を、いったいどこにしまっておくのか、それはまた誰《だれ》にもわからなかった

髑髏　風雨にさらされた頭骨。どくろ。
蒔絵　器《うつわ》の表面に塗《ぬ》られた漆《うるし》に金銀細工をほどこしたもの。

そうでございます。あの男が福徳の大神《おおがみ》の冥助《みょうじょ》を受けているなどと申す噂《うわさ》も、一つは確かにそういうことが起こりになっていたのでございましょう。

　そこで弟子《でし》は、机の上のその異様な鳥も、やはり地獄変《じごくへん》の屏風《びょうぶ》を描《か》くのに入り用なのにちがいないと、こう独り考えながら、師匠《ししょう》の前へ畏《かしこ》まって、「なにかご用でございますか。」と、恭《うやうや》しく申しますと、良秀はまるでそれが聞こえないように、あの赤い唇《くちびる》へ舌なめずりをして、

「どうだ。よく馴《な》れているではないか。」と、鳥の方へあごをやります。

「これは何というものでございましょう。私はついぞまだ、見たことがございませんが。」

　弟子はこう申しながら、この耳のある、猫《ねこ》のような鳥を、気味悪そうにじろじろ眺《なが》めますと、良秀はあい変わらずいつもの嘲笑《あざわら》うような調子で、

「なに、見たことがない？　都育ちの人間はそれだから困る。これは二三日前に鞍馬《くらま》の猟師《りょうし》がわしにくれた耳木兎《みみずく》という鳥だ。ただ、こんなに馴れているのは、たくさんあるまい。」

　こう言いながらあの男は、おもむろに手をあげて、ちょうど餌《え》を食べてし

鞍馬　京都市左京《さきょう》区にある山の名前。
耳木兎　ふくろう目の鳥。頭に長い羽毛《うもう》（耳）をもつ。

まった耳木兎の背中の毛を、そっと下から撫《な》でてあげました。するとそのとたんでございます。鳥は急に鋭《するど》い声で、短く一声啼《な》いたと思うと、たちまち机の上から飛び上がって、両脚《あし》の爪《つめ》を張りながら、いきなり弟子の顔へとびかかりました。もしその時、弟子が袖《そで》をかざして、慌《あわ》てて顔を隠《かく》さなかったら、きっともう疵《きず》の一つや二つは負わされておりましたろう。あっといいながら、その袖を振《ふ》って、逐《お》い払《はら》おうとするところを、耳木兎はかさにかかって、くちばしを鳴らしながら、また一突《つ》き――弟子は師匠の前も忘れて、立っては防ぎ、座《すわ》っては逐い、思わず狭《せま》い部屋の中を、あちらこちらと逃《に》げ惑《まど》いました。怪鳥《けちょう》ももとよりそれにつれて、高く低く翔《かけ》りながら、すきさえあればまっしぐらに眼《まなこ》を目がけて飛んできます。そのたびにばさばさと、すさまじく翼《つばさ》を鳴らすのが、落ち葉の匂《にお》いだか、滝《たき》の水沫《しぶき》ともあるいはまた猿酒《さるざけ》の饐《す》えたいきれだかなにやら怪《あや》しげなもののけはいを誘《さそ》って、気味の悪さといったらございません。そういえばその弟子も、うす暗い油火の光さえおぼろげな月明かりかと思われて、師匠の部屋がそのまま遠い山奥《おく》の、妖気《ようき》に閉《と》ざされた谷のような、心細い気がしたとか申したそうでございます。

猿酒　猿が樹木に貯《たくわ》えた木の実が自然に発酵《はっこう》した酒。

饐えたいきれ　飲食物が発酵してすっぱくなったにおい。

しかし弟子《でし》が恐《おそ》ろしかったのは、なにも耳木兎《みみずく》に襲《おそ》われるという、そのことばかりではございません。いや、それよりもいっそう身の毛がよだったのは、師匠《ししょう》の良秀がその騒《さわ》ぎを冷然と眺《なが》めながら、おもむろに紙を展《の》べ筆を舐《ねぶ》って、女のような少年が異形《いぎょう》な鳥に虐《さいな》まれる、もの凄《すご》いありさまを写していたことでございます。弟子は一目それを見ますと、たちまちいいようのない恐ろしさに脅《おびや》かされて、実際一時は師匠のために、殺されるのではないかとさえ、思ったと申しておりました。

十一

実際師匠に殺されるということも、全くないとは申されません。現にその晩わざわざ弟子を呼びよせたのでさえ、実は耳木兎をけしかけて、弟子の逃《に》げまわるありさまを写そうという魂胆《こんたん》らしかったのでございます。でございますから、弟子は、師匠の容子を一目見るが早いか、思わず両袖《そで》に頭を隠《かく》しながら、自分にも何といったかわからないような悲鳴をあげて、そのまま部

魂胆　たくらみ、策略。

屋の隅《すみ》の遣《や》り戸の裾《すそ》へ、居すくまってしまいました。とその拍子《ひょうし》に、良秀《よしひで》もなにやら慌《あわ》てたような声をあげて、立ち上がった気色でございましたが、たちまち耳木兎の羽音がいっそう前よりもはげしくなって、物の倒《たお》れる音や破れる音が、けたたましく聞こえるではございませんか。これには弟子も二度、度を失って、思わず隠していた頭を上げて見ますと、部屋の中はいつかまっ暗になっていて、師匠の弟子たちを呼びたてる声が、その中でいらだたしそうにしております。

やがて弟子の一人が、遠くの方で返事をして、それから灯《ひ》をかざしながら、急いでやってまいりましたが、その煤臭《すすくさ》い明かりで眺めますと、結灯台《ゆいとうだい》が倒れたので、床《ゆか》も畳《たたみ》も一面に油だらけになったところへ、さっきの耳木兎が片方の翼《つばさ》ばかり、苦しそうにはためかしながら、転げまわっているのでございます。良秀は机の向こうで半ば体を起こしたまま、さすがに呆気《あっけ》にとられたような顔をして、なにやら人にはわからないことを、ぶつぶつつぶやいておりました。――それも無理ではございません。あの耳木兎の体には、まっ黒な蛇《へび》が一匹《ぴき》、頸《くび》から片方の翼へかけて、きりきりと巻きついているのでございます。おおかたこれは弟子《でし》が居すくまる拍子《ひょうし》に、そこにあった壺《つぼ》をひっくり返して、その中の蛇《へび》が這《は》い出したのを、耳木兎《みみずく》がなまじいにつかみかかろうとしたばかりに、とうとうこういう大騒《さわ》ぎが始まったのでございましょう。二人の弟子は互《たが》いに眼《め》と眼とを見合わせて、しばらくはただ、この不思議な光景をぼんやり眺《なが》めておりましたが、やがて師匠《ししょう》に黙礼《もくれい》をして、こそこそ部屋の外へ引き下がってしまいました。蛇と耳木兎とがその後どうなったか、それは誰《だれ》も知っているものはございません。——

こういう類《たぐい》のことは、そのほかまだ、幾《いく》つとなくございました。前には申し落としましたが、地獄変《じごくへん》の屏風《びょうぶ》を描《か》けという御沙汰《ごさた》があったのは、秋の初めでございますから、それ以来冬の末まで、良秀の弟子たちは、絶えず師匠の怪《あや》しげな振《ふ》る舞《ま》いに、脅《おびや》かされていたわけでございます。が、その冬の末に良秀はなにか屏風の画《え》で、自由にならないことができたのでございましょう、それまでよりは、いっそう容子も陰気《いんき》になり、物言いも目に見えて、荒々《あらあら》しくなってまいりました。と同時にまた屏風の画も、下画《したえ》が八分どおりできあがったまま、更《さら》に捗《はかど》るもようはございません。いや、どうかすると今

なまじい　34ページ注参照。

までに描いたところさえ、塗《ぬ》り消してもしまいかねない気色なのでございます。

そのくせ、屛風の何が自由にならないのだか、それは誰にもわかりません。また、誰もわかろうとしたものもございますまい。前のいろいろなできごとに懲《こ》りている弟子たちは、まるで虎狼《とらおおかみ》と一つ檻《おり》にでもいるような心もちで、その後師匠の身のまわりへは、なるべく近づかない算段をしておりましたから。

十二

したがってその間のことについては、別に取り立てて申しあげるほどのお話もございません。もし強《し》いて申しあげると致《いた》しましたら、それはあの強《ごう》情《じょう》な老爺《おやじ》が、なぜか妙《みょう》に涙脆《なみだもろ》くなって、人のいない所ではときどき独りで泣いていたというお話くらいなものでございましょう。殊《こと》にある日、何かの用で弟子の一人が、庭先へ参りました時なぞは、廊下《ろうか》に立ってぼんやり春の近い空を眺《なが》めている師匠《ししょう》の眼《め》が、涙《なみだ》でいっぱいになっていたそうでございます。弟子《でし》はそれを見ますと、かえってこちらが恥《は》ずかしいような気がしたので、黙《だま》ってこそこそ引き返したと申すことでございますが、五趣生死《ごしゅしょうじ》の図を描《か》くためには、道ばたの死骸《しがい》さえ写したという、傲慢《ごうまん》なあの男が、屏風《びょうぶ》の画《え》が思うように描けないくらいのことで、子供らしく泣きだすなどと申すのは、ずいぶん異なものでございませんか。

ところが一方良秀《よしひで》がこのように、まるで正気の人間とは思われないほど夢中になって、屏風の絵を描いておりますうちに、また一方ではあの娘《むすめ》が、なぜかだんだん気鬱《きうつ》になって、私どもにさえ涙を堪《こら》えている容子が、眼にたってまいりました。それが元来愁《うれ》い顔の、色の白い、つつましやかな女だけに、こうなるとなんだか睫毛《まつげ》が重くなって、眼のまわりに隈《くま》がかかったような、よけい寂《さび》しい気が致《いた》すのでございます。初めはやれ父思いのせいだの、やれ恋煩《こいわずら》いをしているからだの、いろいろ臆測《おくそく》を致したものがございますが、中ごろから、なにあれは大殿様《おおとのさま》が御意《ぎょい》に従わせようとしていらっしゃるのだという評判がたち始めて、それからは誰《だれ》も忘れたように、ぱったりあの娘の噂《うわさ》

気鬱
気分がふさいではればれしないこと。

愁い顔
訴《うった》えたいことがあるような心配顔。

をしなくなってしまいました。
　ちょうどそのころのことでございましょう。ある夜、更《こう》が闌《た》けてから、私が独り御廊下《ごろうか》を通りかかりますと、あの猿《さる》の良秀がいきなりどこからか飛んでまいりまして、私の袴《はかま》の裾《すそ》をしきりにひっぱるのでございます。確か、もう梅の匂《にお》いでも致しそうな、うすい月の光のさしている、暖かい夜でございましたが、その明かりですかして見ますと、猿はまっ白な歯をむき出しながら、鼻の先へ皺《しわ》をよせて、気が違《ちが》わないばかりにけたたましく啼《な》きたてているではございませんか。私は気味の悪いのが三分と、新しい袴をひっぱられる腹立たしさが七分とで、最初は猿を蹴放《けはな》して、そのまま通りすぎようかとも思いましたが、また思い返してみますと、前にこの猿を折檻《せっかん》して、若殿様《わかとのさま》のご不興を受けた侍《さむらい》の例もございます。それに猿の振《ふ》る舞《ま》いが、どうもただごととは思われません。そこでとうとう私も思いきって、そのひっぱる方へ五六間歩くともなく歩いてまいりました。
　すると御廊下が一曲がり曲がって、夜目にもうす白いお池の水が枝ぶりのやさしい松の向こうにひろびろと見渡《みわた》せる、ちょうどそこまで参った時のこ

更
日没から日の出までを五等分して呼ぶ時刻名。

闌ける
たけなわになる。ここでは、夜がふけること。

不興
主君の機嫌《きげん》をそこなうこと。

とでございます。どこか近くの部屋の中で人の争っているらしいけはいが、慌《あわ》ただしく、また妙《みょう》にひっそりと私の耳を脅《おびや》かしました。あたりはどこも森《しん》と静まりかえって、月明かりとも靄《もや》ともつかないものの中で、魚の跳《は》ねる音がするほかは、話し声一つ聞こえません。そこへこの物音でございますから。私は思わず立ち止まって、もし狼藉者《ろうぜきもの》でもあったなら、目にもの見せてくれようと、そっとその遣《や》り戸の外へ、息をひそめながら身をよせました。

狼藉者　乱暴をはたらく者。

十三

ところが猿《さる》は私のやり方がまだるかったのでございましょう。良秀《よしひで》はさもさももどかしそうに、二三度私の足のまわりを駈《か》けまわったと思いますと、まるで咽《のど》を絞《し》められたような声で啼《な》きながら、いきなり私の肩《かた》のあたりへ一足飛びに飛び上がりました。私は思わず頸《うなじ》を反らせて、その爪《つめ》にかけられまいとする、猿はまた水干《すいかん》の袖《そで》にかじりついて、私の体からすべり落ちまいとする、――その拍子《ひょうし》に、私はわれ知らず二足三足よろめいて、その遣り戸へ後ろざまに、したたか私の体を打ちつけました。こうなっては、もう一刻も躊躇《ちゅうちょ》している場合ではございません。私はやにわに遣り戸を開け放して、月明かりのとどかない奥《おく》の方へ跳《おど》りこもうといたしました。が、その時私の眼《め》を遮《さえぎ》ったものは――いや、それよりももっと私は、同時にその部屋の中から、弾《はじ》かれたように駈け出そうとした女のほうに驚《おどろ》かされました。女は出合い頭《がしら》に危《あや》うく私に衝《つ》き当たろうとして、そのまま外へ転び出ましたが、なぜかそこへ膝《ひざ》をついて、息を切らしながら私の顔を、なにか恐《おそ》ろしいものでも見るように、戦《おのの》き戦き見上げているのでございます。

それが良秀の娘《むすめ》だったことは、なにもわざわざ申しあげるまでもございますまい。が、その晩のあの女は、まるで人間が違《ちが》ったように、生き生きと私の眼に映りました。眼は大きくかがやいております。頬《ほお》も赤く燃えておりましたろう。そこへしどけなく乱れた袴《はかま》や袿《うちぎ》が、いつもの幼さとはうって変わった艶《なま》めかしささえも添《そ》えております。これが実際あの弱々しい、何事にも控《ひか》えめがちな良秀の娘でございましょうか。――私は遣り戸に身を支えて、この月明かりの中にいる美しい娘の姿を眺《なが》めながら、慌ただしく遠のいてゆ

躊躇　ぐずぐずためらうこと。

くもう一人の足音を、指させるもののように指さして、誰《だれ》ですと静かに眼《め》で尋《たず》ねました。

　すると娘《むすめ》は唇《くちびる》を噛《か》みながら、黙《だま》って首をふりました。その容子がいかにもまた、口惜《くや》しそうなのでございます。

　そこで私は身をかがめながら、娘の耳へ口をつけるようにして、今度は「誰です。」と小声で尋ねました。が、娘はやはり首を振《ふ》ったばかりで、なんとも返事を致《いた》しません。いや、それと同時に長い睫毛《まつげ》の先へ、涙《なみだ》をいっぱいためながら、前よりも緊《かた》く唇を噛みしめているのでございます。

　性得愚《しょうとくおろ》かな私には、わかりすぎているほどわかっていることのほかは、あいにくなにひとつのみこめません。でございますから、私は言《ことば》のかけようも知らないで、しばらくはただ、娘の胸の動悸《どうき》に耳を澄《す》ませるような心もちで、じっとそこに立ちすくんでおりました。もっともこれは一つには、なぜかこのうえ問い訊《ただ》すのが悪いような、気咎《きとが》めが致したからでもございます。――

　それがどのくらい続いたか、わかりません。が、やがて明け放した遣《や》り戸を閉《と》ざしながら、少しは上気の褪《さ》めたらしい娘の方を見返って、「もう曹司《ぞうし》へ

性得　62ページ注参照。

お帰りなさい。」とできるだけやさしく申しました。そうして私も自分ながら、なにか見てはならないものを見たような、不安な心もちに脅《おびや》かされて、誰にともなく恥《は》ずかしい思いをしながら、そっと元来た方へ歩きだしました。ところが十歩と歩かないうちに、誰かまた私の袴《はかま》の裾《すそ》を、後ろから恐《おそ》る恐る、引き止めるではございませんか。私は驚《おどろ》いて、振り向きました。あなたがたはそれが何だったと思《おぼ》し召《め》します？

見るとそれは私の足もとにあの猿《さる》の良秀が、人間のように両手をついて、黄金《こがね》の鈴《すず》を鳴らしながら、何度となく丁寧《ていねい》に頭を下げているのでございました。

十四

するとその晩のできごとがあってから、半月ばかり後《のち》のことでございます。ある日良秀《よしひで》は突然《とつぜん》お邸《やしき》へ参りまして、大殿様《おおとのさま》へじきのお眼通《めどお》りを願いました。卑《いや》しい身分のものでございますが、日ごろから格別御意《ぎょい》に入っていたからでございましょう。誰《だれ》にでも容易にお会いになったことのない大殿様《おおとのさま》が、その日も快くご承知になって、早速御前《さっそくごぜん》近くへお召《め》しになりました。あの男は例のとおり、香染《こう》めの狩衣《かりぎぬ》に萎《な》えた烏帽子《えぼし》を頂いて、いつもよりはいっそう気むずかしそうな顔をしながら、恭《うやうや》しく御前へ平伏《へいふく》いたしましたが、やがて嗄《しわが》れた声で申しますには、

「かねがねお言いつけになりました地獄変《じごくへん》の屏風《びょうぶ》でございますが、私も日夜に丹誠《たんせい》を抽《ぬき》んでて、筆を執《と》りました甲斐《かい》が見えまして、もはやあらましはできあがったのも同然でございまする。」

「それはめでたい。予も満足じゃ。」

しかしこうおっしゃる大殿様のお声には、なぜか妙《みょう》に力のない、張り合いのぬけたところがございました。

「いえ、それがいっこうめでたくはございませぬ。」良秀は、やや腹立たしそうな容子で、じっと眼《め》を伏《ふ》せながら、「あらましはできあがりましたが、ただ一つ、今もって私には描《か》けぬところがございまする。」

「なに、描けぬところがある？」

丹誠　精根込《こ》めてかたむけること。

「さようでございまする。私は総じて、見たものでなければ描けませぬ。よし描けても、得心《とくしん》がまいりませぬ。それでは描けぬも同じことでございませぬか。」

これをお聞きになると、大殿様のお顔には、嘲《あざけ》るようなご微笑《びしょう》が浮《う》かびました。

「では地獄変の屛風を描こうとすれば、地獄を見なければなるまいな。」

「さようでござりまする。が、私は先年大火事がございました時に、炎熱《えんねつ》地獄の猛火《もうか》にもまがう火の手を、眼《ま》のあたりに眺《なが》めました。「よじり不動」の火《か》焔《えん》を描きましたのも、実はあの火事に遇《あ》ったからでございまする。御前もあの絵はご承知でございましょう。」

「しかし罪人はどうじゃ。獄卒《ごくそつ》は見たことがあるまいな。」大殿様はまるで良秀の申すことがお耳にはいらなかったようなご容子で、こうたたみかけてお尋《たず》ねになりました。

「私は鉄《くろがね》の鎖《くさり》に縛《いまし》められたものを見たことがございまする。怪鳥《けちょう》に悩《なや》まされるものの姿も、つぶさに写しとりました。されば罪人の呵責《かしゃく》に苦しむさまも

得心
納得《なっとく》すること。

よじり不動
不動尊の背後で火焔がよじれているさま。

獄卒
地獄《じごく》で亡者《もうじゃ》を責めさいなむ鬼《おに》。

呵責に苦しむ
叱《しか》り責められ苦しむこと。

知らぬと申されませぬ。また獄卒《ごくそつ》は――」と言って、良秀は気味の悪い苦笑《くしょう》を洩《も》らしながら、「また獄卒は、夢現《ゆめうつつ》に何度となく、私の眼《め》に映りました、あるいは牛頭《ごず》、あるいは馬頭《めず》、あるいは三面六臂《さんめんろっぴ》の鬼《おに》の形が、音のせぬ手を拍《たた》き、声の出ぬ口を開いて、私を虐《さいな》みに参りますのは、ほとんど毎日毎夜のことと申してもよろしゅうございましょう。――私の描《か》こうとして描けぬのは、そのようなものではございませぬ。」

それには大殿様《おおとのさま》も、さすがにお驚《おどろ》きになったのでございましょう。しばらくはただいらだたしそうに、良秀の顔を睨《にら》めておいでになりましたが、やがて眉《まゆ》を険しくお動かしになりながら、

「では何が描けぬと申すのじゃ。」とうっちゃるようにおっしゃいました。

十五

「私は屏風《びょうぶ》のただ中に、檳榔毛《びろうげ》の車が一輛《りょう》空から落ちてくるところを描こうと思っております。」良秀《よしひで》はこう言って、始めて鋭《するど》く大殿様のお顔を眺《なが》め

三面六臂　三つの顔と六つのひじ（手）があること。

うっちゃる　なげ捨てる。打ち捨てておく。

檳榔毛の車　上流階級が用いた高級な牛車《ぎっしゃ》。

ました。あの男は画《え》のことをいうと、気違《きちが》い同様になるとは聞いておりましたが、その時の眼のくばりには確かにさような恐《おそ》ろしさがあったようでございます。

「その車の中には、一人のあでやかな上臈《じょうろう》が、猛火《もうか》の中に黒髪《くろかみ》を乱しながら、悶《もだ》え苦しんでいるのでございまする。顔は煙《けむり》に咽《むせ》びながら、眉をひそめて、空《そら》ざまに車蓋《やかた》を仰《あお》いでおりましょう。手は下簾《したすだれ》を引きちぎって、降りかかる火の粉の雨を防ごうとしているかもしれませぬ。そうしてそのまわりには、怪《あや》しげな鷙鳥《しちょう》が十羽となく、二十羽となく、くちばしを鳴らして紛々《ふんぷん》と飛びめぐっているのでございまする。――ああ、それが、その牛車《ぎっしゃ》の中の上臈が、どうしても私には描けませぬ。」

「そうして――どうじゃ。」

大殿様はどういうわけか、妙《みょう》に悦《よろこ》ばしそうな御《み》気色で、こう良秀をお促《うなが》しになりました。が、良秀は例の赤い唇《くちびる》を熱でも出た時のように震《ふる》わせながら、夢を見ているのかと思う調子で、

「それが私には描けませぬ。」と、もう一度繰《く》り返しましたが、突然《とつぜん》嚙《か》みつく

上臈　身分や地位の高い女性。

鷙鳥　性質の荒《あら》い肉食する猛禽《もうきん》の総称《そうしょう》。

ような勢いになって、

「どうか檳榔毛《びろうげ》の車を一輛《りょう》、私の見ている前で、火をかけていただきとうございまする。そうしてもしできまするならば——」

大殿様《おおとのさま》はお顔を暗くなすったと思うと、突然《とつぜん》けたたましくお笑いになりました。そうしてそのお笑い声に息をつまらせながら、おっしゃいますには、

「おお、万事《ばんじ》その方が申すとおりに致《いた》してつかわそう。できるできぬの詮議《せんぎ》は無益《むやく》の沙汰《さた》じゃ。」

私はそのお言《ことば》を伺《うかが》いますと、虫の知らせか、なんとなくすさまじい気がいたしました。実際また大殿様のご容子も、お口の端《はし》には白く泡《あわ》がたまっておりますし、御眉《おんまゆ》のあたりにはびくびくと電《いなずま》が走っておりますし、まるで良秀のもの狂《ぐる》いにお染《そ》みなすったのかと思うほど、ただならなかったのでございます。それがちょいと言をお切りになると、すぐまた何かが爆《は》ぜたような勢いで、とめどなく喉《のど》を鳴らしてお笑いになりながら、

「檳榔毛の車にも火をかけよう。またその中にはあでやかな女を一人、上臈《じょうろう》の装《よそお》いをさせて乗せてつかわそう。炎《ほのお》と黒煙《くろけむり》とに攻《せ》められて、車の中の女

詮議　あれこれと評議すること。

が、悶《もだ》え死にをする——それを描《か》こうと思いついたのは、さすがに天下第一の絵師じゃ。褒《ほ》めてとらす。おお、褒めてとらすぞ。」

大殿様のお言葉を聞きますと、良秀は急に色を失って喘《あえ》ぐようにただ、唇《くちびる》ばかり動かしておりましたが、やがて体じゅうの筋が緩《ゆる》んだように、べたりと畳《たたみ》へ両手をつくと、

「ありがたい仕合わせでございまする。」と、聞こえるか聞こえないかわからないほど低い声で、丁寧《ていねい》にお礼を申しあげました。これはおおかた自分の考えていたもくろみの恐《おそ》ろしさが、大殿様のお言葉につれてありありと目の前へ浮《う》かんできたからでございましょうか。私は一生のうちにただ一度、この時だけは良秀が、気の毒な人間に思われました。

十六

それから二三日した夜のことでございます。大殿様はお約束どおり、良秀《よしひで》をお召《め》しになって、檳榔毛の車の焼けるところを、目近《まぢか》く見せておやりにな

りました。もっともこれは堀川《ほりかわ》のお邸《やしき》であったことではございません。俗《ぞく》に雪解《ゆきげ》の御所《ごしょ》という、昔大殿様《おおとのさま》の妹君がいらしった洛外《らくがい》の山荘《さんそう》で、お焼きになったのでございます。

この雪解の御所と申しますのは、久しくどなたもお住まいにはならなかった所で、広いお庭も荒《あ》れほうだい荒れ果てておりましたが、おおかたこの人気のないご容子を拝見した者の当て推量でございましょう。ここでお歿《な》くなりになった妹君の御身《おんみ》の上にも、とかくの噂《うわさ》がたちまして、なかにはまた月のない夜ごと夜ごとに、今でも怪《あや》しいお袴《はかま》の緋《ひ》の色が、地にもつかず御廊下《ごろうか》を歩むなどという取り沙汰《ざた》を致《いた》すものもございました。——それも無理ではございません。昼でさえ寂《さび》しいこの御所は、一度日が暮れたとなりますと、遣《や》り水の音がひときわ陰《いん》に響《ひび》いて、星明かりに飛ぶ五位鷺《ごいさぎ》も、怪形《けぎょう》の物かと思うほど、気味が悪いのでございますから。

ちょうどその夜はやはり月のない、まっ暗な晩でございましたが、大殿油《おおとのあぶら》の灯影《ほかげ》で眺《なが》めますと、縁《えん》に近く座をお占《し》めになった大殿様は、浅黄《あさぎ》の直衣《のうし》に濃《こ》い紫《むらさき》の浮《う》き紋《もん》の指貫《さしぬき》をお召《め》しになって、白地の錦《にしき》の縁《ふち》をとった円座《わろうだ》に、

緋の色
濃《こ》く明るい朱《しゅ》色。深紅《しんく》色。

大殿油
宮殿《きゅうでん》や貴族の邸宅《ていたく》でともす油。

指貫
44ページ注参照。

腹巻
腹に巻いて背中で合わせる鎧《よろい》の一種。

高々とあぐらを組んでいらっしゃいました。その前後左右にお側《そば》の者どもが五六人、恭《うやうや》しく居並んでおりましたのは、別に取り立てて申しあげるまでもございますまい。が、中に一人、眼《め》だって事ありげに見えたのは、先年陸奥《みちのく》の戦いに餓《う》えて人の肉を食って以来、鹿《しか》の生き角さえ裂《さ》くようになったという強力《ごうりき》の侍《さむらい》が、下に腹巻を着こんだ容子で、太刀《たち》を鴟尻《かもめじり》に佩《は》き反らせながら、お縁の下に厳《いか》めしくつくばっていたことでございます。――それが皆《みな》、夜風になびく灯《ひ》の光で、あるいは明るくあるいは暗く、ほとんど夢現《ゆめうつつ》を分かたない気色で、なぜかもの凄《すご》く見えわたっておりました。

　そのうえにまた、お庭に引き据《す》えた檳榔毛《びろうげ》の車が、高い車蓋《やかた》にのっしりと暗《やみ》を抑《おさ》えて、牛はつけず黒い轅《ながえ》を斜《なな》めに榻《しじ》へかけながら、金物の黄金《きん》を星のように、ちらちら光らせているのを眺めますと、春とはいうもののなんとなく肌《はだ》寒い気がいたします。もっともその車の内は、浮線綾《ふせんりょう》の縁《ふち》をとった青い簾《すだれ》が、重く封《ふう》じこめておりますから、輫《はこ》には何がはいっているかわかりません。そうしてそのまわりには仕丁《じちょう》たちが、てんでに燃えさかる松明《まつ》を執《と》って、煙《けむり》がお縁の方へなびくのを気にしながら、仔細《しさい》らしく控《ひか》えております。

鴟尻　刀鞘《かたなさや》の尻を反り上がらせて帯びていること。

轅*　牛車《ぎっしゃ》の前に長く並行に出した二本の棒。

榻*　牛車から牛を外した時に轅の先を置く低い台。

浮線綾　浮《う》き織りのあや織物。

輫　牛車の屋形。車体。

仕丁　身分の高い者に仕える雑用係。

当の良秀はやや離《はな》れて、ちょうどお縁《えん》の真向かいに、ひざまずいておりましたが、これはいつもの香染《こう》めらしい狩衣《かりぎぬ》に萎《な》えた揉烏帽子《もみえぼし》を頂いて、星空の重みに圧《お》されたかと思うくらい、いつもよりはなお小さく、見すぼらしげに見えました。その後ろにまた一人、同じような烏帽子狩衣のうずくまったのは、たぶん召《め》し連れた弟子《でし》の一人ででもございましょうか。それがちょうど二人とも、遠いうす暗がりの中にうずくまっておりますので、私のいたお縁の下からは、狩衣の色さえ定《さだ》かにはわかりません。

十七

時刻はかれこれ真夜中にも近かったでございましょう。林泉をつつんだ暗《やみ》がひっそりと声をのんで、一同のする息をうかがっているかと思う中には、ただかすかな夜風の渡《わた》る音がして、松明《まつ》の煙《けむり》がそのたびに煤臭《すすくさ》い匂《にお》いを送ってまいります。大殿様《おおとのさま》はしばらく黙《だま》って、この不思議な景色をじっと眺《なが》めていらっしゃいましたが、やがて膝《ひざ》をお進めになりますと、

「良秀《よしひで》、」と、鋭《するど》くお呼びかけになりました。

良秀はなにやらお返事を致《いた》したようでございますが、私の耳にはただ、唸《うな》るような声しか聞こえてまいりません。

「良秀。今宵《こよい》はその方の望みどおり、車に火をかけて見せてつかわそう。」

大殿様はこうおっしゃって、お側《そば》の者たちの方を流し目にご覧になりました。その時なにか大殿様とお側の誰彼《だれかれ》との間には、意味ありげな微笑《びしょう》が交《か》わされたようにも見うけましたが、これはあるいは私の気のせいかもわかりません。すると良秀は畏《おそ》る畏る頭《かしら》を挙げてお縁の上を仰《あお》いだらしゅうございますが、やはり何も申しあげずに控《ひか》えております。

「よう見い。それは予が日ごろ乗る車じゃ。その方も覚えがあろう。――予はその車にこれから火をかけて、目《ま》のあたりに炎熱地獄《えんねつじごく》を現《げん》ぜさせるつもりじゃが。」

大殿様はまた言《ことば》をお止めになって、お側の者たちに目くばせをなさいました。それから急に苦々しいご調子で、「その内には罪人の女房《にょうぼう》が一人、縛《いまし》めたまま、乗せてある。されば車に火をかけたら、必定その女めは肉を焼き骨を

縛めたまま　縛《しば》られた状態で。

焦《こ》がして、四苦八苦の最期《さいご》を遂《と》げるであろう。その方が屏風《びょうぶ》を仕上げるには、またとないよい手本じゃ。雪のような肌《はだ》が燃え爛《ただ》れるのを見のがすな。黒髪《くろかみ》が火の粉になって、舞《ま》い上がるさまもよう見ておけ。」

大殿様《おおとのさま》は三度《たび》口をお噤《つぐ》みになりましたが、何をお思いになったのか、今度はただ肩《かた》を揺《ゆ》すって、声もたてずにお笑いなさりながら、

「末代までもない観《み》ものじゃ。予もここで見物しよう。それそれ、簾《みす》を揚《あ》げて、良秀に中の女を見せてつかわさぬか。」

仰《おお》せを聞くと仕丁《じちょう》の一人は、片手に松明《まつ》の火を高くかざしながら、つかつかと車に近づくと、やにわに片手をさし伸《の》ばして、簾をさらりと揚げて見せました。けたたましく音をたてて燃える松明の光は、ひとしきり赤くゆらぎながら、たちまち狭《せま》い軿《はこ》の中を鮮《あざ》やかに照らし出しましたが、䡛《とこ》の上に惨《むご》たらしく、鎖《くさり》にかけられた女房《にょうぼう》は――ああ、誰《だれ》か見違《みちが》えを致《いた》しましょう。きらびやかな繡《ぬいとり》のある桜の唐衣《からぎぬ》にすべらかしの黒髪が艶《あで》やかに垂れて、うちかたむいた黄金《こがね》の釵子《さいし》も美しく輝《かがや》いて見えましたが、身なりこそ違え、小造りな体つきは、色の白い頸《うなじ》のあたりは、そうしてあの寂《さび》しいくらいつつましやか

䡛　牛車《ぎっしゃ》の中の床《とこ》。

すべらかし　婦人のさげ髪《がみ》で、髪を長くたれおろしたもの。

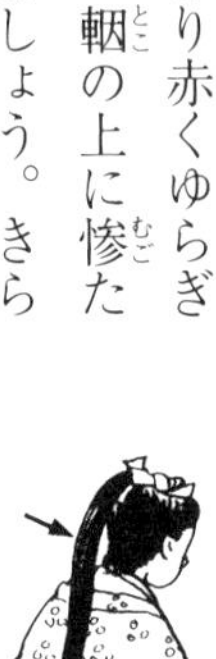

釵子　すべらかしの頂に添《そ》えて挿《さ》すかんざしの類。

な横顔は、良秀の娘《むすめ》に相違《そうい》ございません。私は危《あや》うく叫《さけ》び声をたてようと致しました。

その時でございます。私と向かいあっていた侍《さむらい》は慌《あわ》ただしく身を起こして、柄頭《つかがしら》を片手に抑《おさ》えながら、きっと良秀の方を睨《にら》みました。それに驚《おどろ》いて眺《なが》めますと、あの男はこの景色に、半ば正気を失ったのでございましょう。今まで下にうずくまっていたのが、急に飛び立ったと思いますと、両手を前へ伸ばしたまま、車の方へ思わず知らず走りかかろうと致しました。ただあいにく前にも申しましたとおり、遠い影《かげ》の中におりますので、顔貌《かおかたち》ははっきりとわかりません。しかしそう思ったのはほんの一瞬間《いっしゅんかん》で、色を失った良秀の顔は、いや、まるでなにか目に見えない力が、宙へ吊《つ》り上げたような良秀の姿は、たちまちうす暗がりを切り抜《ぬ》いてありありと眼前へ浮《う》かび上がりました。娘を乗せた檳榔《びろう》毛《げ》の車が、この時、「火をかけい。」という大殿様のお言《ことば》とともに、仕丁たちが投げる松明の火を浴びて炎《えん》々と燃え上がったのでございます。

柄頭
刀の柄の先の部分。またはそこにつける金具。

十八

火はみるみるうちに、車蓋《やかた》をつつみました。庇《ひさし》についた紫《むらさき》の流蘇《ふさ》が、煽《あお》られたようにさっとなびくと、その下から濛《もう》々と夜目にも白い煙《けむり》が渦《うず》を巻いて、あるいは簾《すだれ》、あるいは袖《そで》、あるいは棟《むね》の金物が、一時に砕《くだ》けて飛んだかと思うほど、火の粉が雨のように舞《ま》い上がる――そのすさまじさといったらございません。いや、それよりもめらめらと舌を吐《は》いて袖格子《そでごうし》に搦《から》みながら、半《なか》空《ぞら》までも立ち昇《のぼ》る烈《れっ》々とした炎《ほのお》の色は、まるで日輪が地に落ちて、天火がほとばしったようだとでも申しましょうか。前に危《あや》うく叫《さけ》ぼうとした私も、今は全く魂《たましい》を消して、ただ茫然《ぼうぜん》と口を開きながら、この恐《おそ》ろしい光景を見守るよりほかはございませんでした。しかし親の良秀《よしひで》は――

　良秀のその時の顔つきは、今でも私は忘れません。思わず知らず車の方へ駆《か》け寄ろうとしたあの男は、火が燃え上がると同時に、足を止めて、やはり手をさし伸《の》ばしたまま、食い入るばかりの眼《め》つきをして、車をつつむ焔煙《えんえん》を

流蘇　五色に糸を束ねて飾《かざ》りとしてたらしたふさ。

袖格子　牛車《ぎっしゃ》の袖に細木を縦横に組んで間をすかした窓。

日輪　太陽のこと。

吸いつけられたように眺《なが》めておりましたが、満身に浴びた火の光で、皺《しわ》だらけな醜《みにく》い顔は、髭《ひげ》の先までもよく見えます。が、その大きく見開いた眼の中といい、引き歪《ゆが》めた唇《くちびる》のあたりといい、あるいはまた絶えず引きつっている頰《ほお》の肉の震《ふる》えといい、良秀の心にこもごも往来する恐れと悲しみと驚《おどろ》きとは、歴々と顔に描《えが》かれました。首を刎《は》ねられる前の盗人《ぬすびと》でも、ないしは十王の庁へ引き出された、十逆五悪《じゅうぎゃくごあく》の罪人でも、ああまで苦しそうな顔は致《いた》しますまい。これにはさすがにあの強力《ごうりき》の侍《さむらい》でさえ、思わず色を変えて、畏《おそ》る畏る大殿様《おおとのさま》のお顔を仰《あお》ぎました。

が、大殿様は緊《かた》く唇をお嚙《か》みになりながら、ときどき気味悪くお笑いになって、眼も放さずじっと車の方をお見つめになっていらっしゃいます。そうしてその車の中には──ああ、私はその時、その車にどんな娘《むすめ》の姿を眺めたか、それを詳《くわ》しく申しあげる勇気は、とうていあろうとも思われません。あの煙に咽《むせ》んで仰向《あおむ》けた顔の白さ、焰《ほのお》を掃《はら》ってふり乱れた髪《かみ》の長さ、それからまた見るまに火と変わっていく、桜の唐衣《からぎぬ》の美しさ、──なんという惨《むご》たらしい景色でございましたろう。殊《こと》に夜風が一下《ひとお》ろしして、煙が向こうへな

咽ぶ　煙《けむり》で呼吸が詰《つ》まりそうになり、むせる。

びいた時、赤い上に金粉を撒《ま》いたような、焰《ほのお》の中から浮《う》き上がって、髪《かみ》を口に嚙《か》みながら、縛《いまし》めの鎖《くさり》も切れるばかり身悶《みもだ》えをしたありさまは、地獄《じごく》の業《ごう》苦《く》を目《ま》のあたりへ写し出したかと疑われて、私はじめ強力《ごうりき》の侍《さむらい》までおのずと身の毛がよだちました。

するとその夜風がまたひとわたり、お庭の木々の梢《こずえ》にさっと通う――と誰《だれ》でも、思いましたろう。そういう音が暗い空を、どことも知らず走ったと思うと、たちまちなにか黒いものが、地にもつかず宙にも飛ばず、鞠《まり》のように躍《おど》りながら、御所《ごしょ》の屋根から火の燃えさかる車の中へ、一文字にとびこみました。そうして朱塗《しゅぬ》りのような袖格子《そでごうし》が、ばらばらと焼け落ちる中に、のけ反った娘《むすめ》の肩《かた》を抱《だ》いて、帛《きぬ》を裂《さ》くような鋭《するど》い声を、なんともいえず苦しそうに、長く煙《けむり》の外へ飛ばせました。続いてまた、二声三声――私たちは我知らず、あっと同音に叫《さけ》びました。壁代《かべしろ》のような焰を後ろにして、娘の肩に縋《すが》っているのは、堀川《ほりかわ》のお邸《やしき》に繫《つな》いであった、あの良秀と諢名《あだな》のある、猿《さる》だったのでございますから。その猿がどこをどうしてこの御所まで、忍《しの》んで来たか、それはもちろん誰にもわかりません。が、日ごろ可愛《かわい》がってくれた娘なれば

壁代　宮殿《きゅうでん》内で壁の代わりに仕切りとして垂らし布。

こそ、猿も一しょに火の中へはいったのでございましょう。

十九

が、猿の姿が見えたのは、ほんの一瞬間《いっしゅんかん》でございました。金梨子地《きんなしじ》のような火の粉がひとしきり、ぱっと空へ上がったかと思ううちに、猿はもとより娘の姿も、黒煙《くろけむり》の底に隠《かく》されて、お庭のまん中にはただ、一輛《りょう》の火の車がすさまじい音をたてながら、燃え沸《たぎ》っているばかりでございます。いや、火の車というよりも、あるいは火の柱といったほうが、あの星空を衝《つ》いて煮《に》えかえる、恐《おそ》ろしい火焔《かえん》のありさまにはふさわしいかもしれません。

その火の柱を前にして、凝《こ》り固まったように立っている良秀《よしひで》は、——なんという不思議なことでございましょう。あのさっきまで地獄の責め苦に悩《なや》んでいたような良秀は、今はいいようのない輝《かがや》きを、さながら恍惚《こうこつ》とした法悦《ほうえつ》の輝きを、皺《しわ》だらけな満面に浮かべながら、大殿様《おおとのさま》の御前《ごぜん》も忘れたのか、両腕《うで》をしっかり胸に組んで、たたずんでいるではございませんか。それがどう

金梨子地　梨《なし》の実の斑点《はんてん》のように金粉を散らした蒔絵《まきえ》の模様。

恍惚　心を奪《うば》われうっとりするさま。

法悦　仏法を聴《き》いて起こる喜び。歓喜《かんき》の状態。

もあの男の眼《め》の中には、娘《むすめ》の悶《もだ》え死ぬありさまが映っていないようなのでございます。ただ美しい火焔《かえん》の色と、その中に苦しむ女人《にょにん》の姿とが、限りなく心を悦《よろこ》ばせる——そういう景色に見えました。

しかも不思議なのは、なにもあの男が一人娘の断末魔《だんまつま》を嬉《うれ》しそうに眺《なが》めていた、そればかりではございません。その時の良秀には、なぜか人間とは思われない、夢に見る獅子王《ししおう》の怒《いか》りに似た、怪《あや》しげな厳《おごそ》かさがございました。でございますから不意の火の手に驚《おどろ》いて、啼《な》き騒《さわ》ぎながら飛びまわる数の知れない夜鳥でさえ、気のせいか良秀の揉烏帽子《もみえぼし》のまわりへは、近づかなかったようでございます。恐《おそ》らくは無心の鳥の眼《め》にも、あの男の頭の上に、円光のごとく懸《か》かっている、不可思議な威厳《いげん》が見えたのでございましょう。

鳥でさえそうでございます。まして私たちは仕丁《じちょう》までも、皆《みな》息をひそめながら、身の内も震《ふる》えるばかり、異様な随喜《ずいき》の心に充《み》ち満ちて、まるで開眼《かいげん》の仏でも見るように、眼も離《はな》さず、良秀を見つめました。空一面に鳴りわたる車の火と、それに魂《たましい》を奪《うば》われて、立ちすくんでいる良秀と——なんという荘《しょう》厳《ごん》、なんという歓喜《かんき》でございましょう。が、その中でたった一人、お縁《えん》の上

断末魔
息を引き取るまぎわの苦痛や叫《さけ》び。

獅子王
ライオンの美称《びしょう》。

随喜
心からありがたく感じること。

開眼
新たにできた仏像や仏画を安置し迎《むか》え入れること。

荘厳
重々しくおごそかで立派なこと。

の大殿様《おおとのさま》だけは、まるで別人かと思われるほど、お顔の色も青ざめて、口もとに泡《あわ》をおためになりながら、紫《むらさき》の指貫《さしぬき》の膝《ひざ》を両手にしっかりおつかみになって、ちょうど喉《のど》の渇《かわ》いた獣《けもの》のように喘《あえ》ぎつづけていらっしゃいました。……

二十

その夜雪解《ゆきげ》の御所《ごしょ》で、大殿様が車をお焼きになったことは、誰《だれ》の口からともなく世上へ洩《も》れましたが、それについてはずいぶんいろいろな批判を致《いた》すものもおったようでございます。まず第一になぜ大殿様が良秀《よしひで》の娘をお焼き殺しなすったか、――これは、かなわぬ恋《こい》の恨《うら》みからなすったのだという噂《うわさ》が、いちばん多うございました。が、大殿様の思《おぼ》し召《め》しは、全く車を焼き人を殺してまでも、屛風《びょうぶ》の画《え》を描《か》こうとする絵師根性《こんじょう》の曲《よこしま》なのを懲《こ》らすおつもりだったのに相違《そうい》ございません。現に私は、大殿様が御《おん》口ずからそうおっしゃるのを伺《うかが》ったことさえございます。

曲　道理にはずれて、正しくないこと。

それからあの良秀が、目前で娘《むすめ》を焼き殺されながら、それでも屏風《びょうぶ》の画《え》を描《か》きたいというその木石のような心もちが、やはりなにかとあげつらわれたようでございます。なかにはあの男を罵《ののし》って、画のためには親子の情愛も忘れてしまう、人面獣心《じんめんじゅうしん》の曲者《くせもの》だなどと申すものもございました。あの横川《よかわ》の僧都様《そうずさま》などは、こういう考えに味方をなすったお一人で、「いかに一芸一能に秀《ひい》でようとも、人として五常《ごじょう》を弁《わきま》えねば、地獄《じごく》に堕《お》ちるほかはない。」などと、よくおっしゃったものでございます。

ところがその後一月ばかり経《た》って、いよいよ地獄変の屏風ができあがりますと良秀は早速《さっそく》それをお邸《やしき》へ持って出て、恭《うやうや》しく大殿様《おおとのさま》のご覧に供えました。ちょうどその時は僧都様もお居合わせになりましたが、屏風の画を一目ご覧になりますと、さすがにあの一帖《じょう》の天地に吹《ふ》き荒《すさ》んでいる火の嵐《あらし》の恐《おそ》ろしさにお驚《おどろ》きなすったのでございましょう。それまでは苦い顔をなさりながら、良秀の方をじろじろ睨《にら》めつけていらしったのが、思わず知らず膝《ひざ》を打って、「でかしおった。」とおっしゃいました。この言《ことば》をお聞きになって、大殿様が苦笑《くしょう》なすった時のご容子も、いまだに私は忘れません。

木石　人間としての感情を理解しないもののたとえ。

五常　人が常に守るべき、仁・義・礼・智《ち》・信のこと。

それ以来あの男を悪くいうものは、少なくともお邸の中だけでは、ほとんど一人もいなくなりました。誰《だれ》でもあの屛風を見るものは、いかに日ごろ良秀を憎《にく》く思っているにせよ、不思議に厳《おごそ》かな心もちに打たれて、炎熱《えんねつ》地獄の大苦艱《くかん》を如実《にょじつ》に感じるからでもございましょうか。

しかしそうなった時分には、良秀はもうこの世に無い人の数にはいっておりました。それも屛風のできあがった次の夜に、自分の部屋の梁《はり》へ縄《なわ》をかけて、縊《くび》れ死んだのでございます。一人娘を先立てたあの男は、恐らく安閑《あんかん》として生きながらえるのに堪《た》えなかったのでございましょう。死骸《しがい》は今でもあの男の家の跡《あと》に埋《う》まっております。もっとも小さな標《しるし》の石は、その後何十年かの雨風《あめかぜ》に曝《さら》されて、とうの昔誰の墓とも知れないように、苔《こけ》むしているにちがいございません。

——大正七年四月——

縊れ死ぬ　自分で首をくくって死ぬこと。
安閑　安らかで静かなこと。気楽に暮らすこと。
苔むす　こけが生える。転じて、長い年月が経《た》つこと。

平安京坊略図

P10　火桶

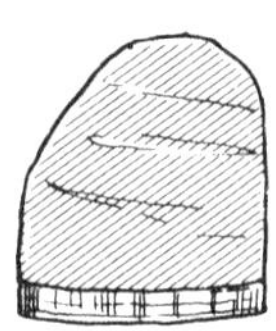

P 7　揉烏帽子

P 7　市女笠

P75　ちょん髷本多

P75　嗅たばね

P25　水干

P75　由兵衛奴

P75　大銀杏

P76　柘榴口

P75　虻蜂蜻蛉

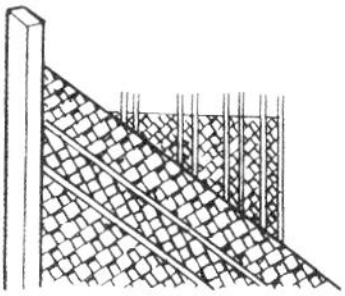

P138　檜垣

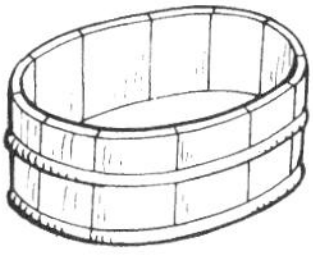

P76　止め桶

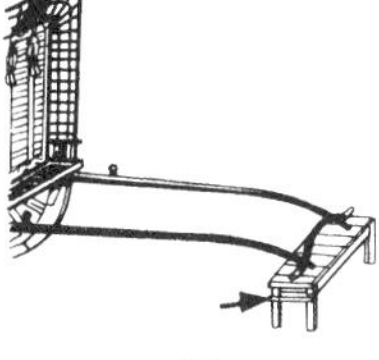

P 179　榻

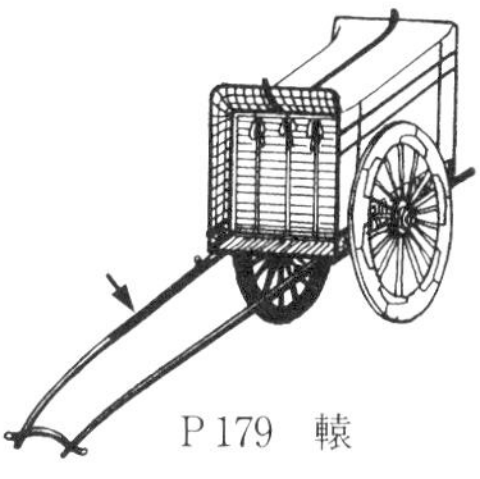

P179　轅

解説

浅《あさ》野《の》洋《よう》

青年作家の文壇《ぶんだん》デヴュー

一九一六（大正五）年、まだ東京帝国《ていこく》大学英文科の学生だった芥川龍之介は、小説『鼻』を夏目《なつめ》漱石《そうせき》に激賞され、文壇にデヴューしました。二十四歳《さい》のときのことです。彼は三十五歳四か月で自殺しましたから、作家生活はわずか十二年ほどです。その間、百五十編ほどの小説と、随筆《ずいひつ》や小品や俳句など、多くの作品を世の中に送り出しました。

人間心理を鋭《するど》く分析《ぶんせき》する理知的なテーマ、よく練り上げられた巧《たく》みな文章、古今東西にわたる深い教養など、その斬新《ざんしん》な作風はたちまち芥川を人気作家にしました。デヴューの翌年には、芥川文学の特色を「澄《す》み切った理智《りち》」と「洗練された」ユーモアとする評論も出ています。このころ、芥川は、国文学の専門家さえあまり読んでいなかった平安末期の説話『今昔物語』を主な素材としています。そのため、彼の小説の舞台《ぶたい》は「昔」になっていますが、中身は人間のエゴイズムや自意識や孤独《こどく》感など、人生の意味を内面に問いかける近代的な人間像を掘《ほ》り下げるものです。

小説家としての自分を見直す

若くして文壇の頂点に立った芥川は、その地位に安住することなく、たえず新しい境地を模索《もさく》し続けます。やがて彼は、小説家としての自分の方法や意義をあらためて問いなおす一連の芸術家小説を書き始めます。江戸《えど》時代の戯作《げさく》者や強烈《きょうれつ》な個性の絵師《えし》など、これら芸術家を主人公とする作品には、芥川自身の作家生活の苦悩《くのう》や充実《じゅうじつ》感が重ねられ、その芸術的信条も語られています。実生活を犠牲《ぎせい》にしてでも芸術の完成を最優先する主人公たちの姿勢は、いわゆる「芸術至上主義」と呼ばれるもので、それは当時の芥川がいかに創作活動に燃えていたかを示すものです。

本書に収めた五編の小説は、いずれも一九一五（大正四）年から一九一八（大正七）年にかけて発表されました。文壇デヴュー前夜から人気作家として頂点に立つまでの前半期の作です。それらは、芥川が作家生活に大きな希望を抱《いだ》き、小説を書く喜びを実感しながら、迷うことなく創作活動に没頭《ぼっとう》していた幸福な日々の果実といえるでしょう。現に芥川は、結婚三日目に「新婚当時の癖《くせ》に生活より芸術の方がどの位《くらい》強く僕をグラスプ（grasp 心をつかまえる）するかわからない」という手紙を書いているほどです。

以下、それぞれの作品について簡単に解説しておきましょう。

人生の行方《ゆくえ》――『羅生門《らしょうもん》』の問いかけ――

最初の『羅生門』は、一九一五（大正四）年十一月、東京帝国大学の文芸機関誌「帝国文学」に発表されました。今日では教科書にも採られ、作家芥川の代名詞ともいえる有名な作品ですが、発表当時はほとんど注目されませんでした。しかし、『羅生門』は「小説家」芥川の誕生を告げる立派な「処女作《しょじょさく》」となりました。それはひとりの文学青年がその個性を発揮《はっき》する独自の創作方法を初めて確立した記念碑《ひ》です。たとえ黙殺《もくさつ》されようと、芥川自身はこの作品に強い自信と愛着をもっていました。そのことは、漱石の絶賛で出世作となった『鼻』を押《お》しのけ、最初の短編集に『羅生門』の名を与《あた》えたことにも明らかです。無名の処女作がやがて得た後年の高い評価をみると、そのすばらしい鑑識眼《かんしきがん》にも感心せざるを得ません。

『羅生門』は、人間が生きるために仕方がない「エゴイズム」を描《えが》いたといわれます。いや、単なるエゴイズムではなく、人間的倫理《りんり》がすべて消滅《しょうめつ》した救いのない「闇《やみ》」を描いたという意見もあります。この暗さには直前のつらい失恋《しつれん》体験が影響《えいきょう》したかもしれません。ところで、『羅生門』には、雑誌発表の本文（初出稿《こう》）と、のちの本文（定稿）の間に大きな異同があります。本書（定稿）の最後の一行は「下人の行方《ゆくえ》は、誰《だれ》も知らない」となっていますが、初出稿の末尾《まつび》は「下人は、既《すで》に、雨を冒《おか》して、京都の町へ強盗《ごうとう》を働きに急ぎつつあつた」でした。芥川はなぜそのように改稿したのか、そして、その結果、小説の意味はどのように変わったのか。また、『羅生門』の出典は『今昔物語』巻第二十九第十八ですが、ともに「追いはぎ」を描いた二つの物語の盗品《とうひん》をくらべてみると、『羅生門』の下人はなぜか『今昔』の盗人《ぬすびと》ほど貪欲《どんよく》ではありません。下人の追いはぎは本当に自分が

「生きるため」の行為《こうい》だったのかどうか。これらの疑問も含め、『羅生門』はどんな時代の読者にも人生の「行方」を問いかけてやまない作品です。

悩みの生まれる場所――『鼻』の現代性――

『鼻』は、一九一六（大正五）年二月、第四次「新思潮《しんしちょう》」の創刊号に発表されました。この同人雑誌は、尊敬する作家漱石を「第一の読者」に想定するものでした。前年（大正四）から漱石を慕《した》う人々が集まる「木曜会」に参加した芥川たちは、すぐにその魅力《みりょく》に圧倒《あっとう》されました。自分たちも小説を活字にして漱石「先生」に送れば、うまくすれば読んでもらえ、ヒョッとして批評してくれるかも、と夢見たのです。夢はみごとに実現しました。漱石は心のこもった手紙の中で、『鼻』を「落着《おちつ》きがあってふざけていなくって自然そのままのおかし味がおっとり出ている所に上品な趣きがあります」と述べ、材料の新しさや文章の良さをも賞賛しました。そして、『鼻』は芥川の文壇出世作となったのです。

『鼻』は、意外にも、複雑な現代社会を生きる私たち自身を映し出す鏡です。たとえば、他人の不幸を喜ぶ「傍観者《ぼうかんしゃ》の利己主義」は、テレビの前でワイドショーが伝える他人の不幸を興味本位でながめるわれわれ視聴者の身勝手さに通じますし、他人の目を気にして一喜《き》一憂《ゆう》する内供《ないぐ》の弱さも他人事ではないはずです。『鼻』の主題は、従来、真の幸福と見えるものも結局は「相対的なもの」にすぎないという認識《にんしき》、欲望も満たされてみると案外楽しくないという心理、「利己的な人間性に対する諦念《ていねん》」、などであると解釈《かいしゃく》されてきました。しかし、そうした解釈以上に、『鼻』は私たちにとって切実な物語として、私たち自身の中の「内供的なもの」を再認識させる物語として再読できるはずです。ここで、読者のみなさんに問題をひとつ――末尾《まつび》で元の鼻に戻《もど》った内供が「こうなれば、もう誰《だれ》もわらうものはないにちがいない」とつぶやいたことばは事実でしょうか錯覚でしょうか。その答えは、あなた自身が内供の本当の不幸を何（どこ）から生まれたと考えるか、その中にあります。

夢見るころを過ぎても――『芋粥《いもがゆ》』の欲望――

『芋粥』は、一九一六（大正五）年九月、雑誌「新小説」に発表されました。これはメジャーな文芸雑誌からきた初めての原稿依頼《いらい》で、芥川の緊張《きんちょう》もたいへんなものでした。発表直後、漱石は彼の緊張をほぐすように再び心暖まる手紙を送り、小説の前半は「ベタ塗《ぬ》り」に過ぎるが、後半は「非常に出来がよろしい」と励《はげ》ましています。このお目見え作品に対する反響《はんきょう》はおおむね好評で、「人生の断面」から「人間らしい光ったもの」をつかみ出してくる芥川の「特殊《とくしゅ》な才能」を高く評価し、「新技巧派《しんぎこう》」と呼ぶ批評もありました。『芋粥』の成功によって、芥川はいちやく新進作家としての地位を確立したのです。

吉田精一《よしだせいいち》は『芋粥』に「人生における理想なり欲望なりは、達せられない内に価値があるので、それが達せられた時には、理想が理想でなくなってしまい、かえって幻滅《げんめつ》を感じるばかりだという、人生批評」を読みとっています。また、現実社会の強者である貴族に虐《しいた》げられる五位《ごい》を民衆（弱者）の象徴《しょうちょう》とみなし、社会的な階級意識を読みとる意見もあります。一方、五位が芋粥の夢にこだわり始めた時期と、彼が愛する女房《にょうぼう》に去られた時期が一致《いっち》する（五、六年前）ことから、芋粥への五位の「欲望」そのものが愛の喪失《そうしつ》という「不幸のシルシ」だと考える読み方もあります。芋粥の夢は、はたして五位の味気ない人生の唯一《ゆいいつ》の理想なのか、それとも不幸そのものの象徴なのか、はたまた……、意見はいろいろ分かれることでしょう。それにしても、現代は五位が見たささやかな「夢」さえ見ることがむずかしい時代です。『芋粥』は逆に、そうした夢なき時代にもささやかな夢をもつことの大切さを、コッソリささやきかけているのかもしれません。

柔《やわ》らかい心臓《ハート》――『戯作三昧《げさくざんまい》』の未熟《みじゅく》――

『戯作三昧』は、一九一七（大正六）年十月二十日から十一月四日（途中《とちゅう》一日休載）にかけて「大阪毎日新聞」夕刊に発表されました。『南総里見八犬伝《なんそうさとみはっけんでん》』を執筆中の滝沢馬琴《たきざわばきん》は、小説の最後で真の創作家だけが味わえる恍惚《こうこつ》の境地に達します。しかし、そこに至るまでの、周囲の評判を気に病み、自信を失う馬琴の心の弱さや創作の苦しみには、芥川自身の作家生活が色濃《こ》く反映しており、馬琴の芸術観にしても芥川の考えをなぞるものです。すでに『芋粥』で「日本の自然派の作家とは、大分ちがふ」と語っていた芥川は、ここでいっそう明確に反自然主義の立場を宣言します。作家の身近な現実にとじこもる自然主義文学とは異なり、「人生」のすべてを純粋《じゅんすい》な芸術創造の「感激」に傾《かたむ》ける馬琴の姿は、芥川の「芸術至上主義」を体現する分身なのです。

馬琴の心に作者自身が入って「それを内側から描《えが》き上げる」芥川の手腕《しゅわん》は「見事」だという発表直後の高い評価は、逆に『戯作三昧』の短所をも示しています。同人誌「新思潮」の仲間で終生の友人でもあった菊池寛《きくちかん》は、馬琴が「創作の歓喜《かんき》の中に、すべてを忘れて入って行く所は、本当に涙《なみだ》がこぼれる程《ほど》よかった」と述べつつ、この馬琴は芥川が操《あやつ》る「人形」で、作家の告白を「代理」する存在にすぎないと指摘《してき》しています。この指摘は、『戯作三昧』が作家の観念を剝《む》き出しにした頭デッカチの未熟な作という批判の先駆《さきが》けともなっています。孫太郎《たろう》のあどけない一言で急に三昧境に没入《ぼつにゅう》する唐突《とうとつ》さも作品のキズですが、芸術至上主義を追求する芥川が、一方で、子供の純朴《じゅんぼく》さにひかれる「柔らかい心臓」の持ち主であったことはひとつの救いです。たとえその「柔らかすぎる心臓」が作家芥川の自殺をまねく悲劇《ひげき》の原因になったとしても……。

猿《さる》への問い――『地獄変《じごくへん》』の鍵《かぎ》――

『地獄変』は、一九一八（大正七）年五月一日から二十二日にかけて「大阪毎日新聞」夕刊に、一日遅《おく》れて「東京日日新聞」夕刊に発表されました。『地獄変』は、文学観の異なる自然主義作家の正《まさ》宗白鳥《むねはくちょう》にさえ芥川の「最傑作《けっさく》」と評価され、「明治以来の日本文学史においても、特異の光彩《こうさい》を放っている名作」と絶賛されました。芥川自身、傑作ぞろいの第三短編集『傀儡師《かいらいし》』で、その最後を飾《かざ》らせたのをみても自信のほどがわかります。

絵のために娘《むすめ》を平然と見殺しにする絵師良秀《よしひで》（芸術家）と、後日みずから首を吊《つ》る父親良秀（人間）と、この矛盾《むじゅん》する二面性をどう考えるか。それが『地獄変』を読む大きな「鍵」のひとつです。宮本顕治《みやもとけんじ》は、すべてを犠牲にしても悔《く》いない「芸術的気魄《きはく》」を示しつつも「道徳的な芥川氏の一面」はやはり良秀に自殺の結末を与《あた》えずにはいられなかったと語り、吉田精一は「芸術における成功は、現世的な敗北を意味した」と読みます。一方、三好行雄《みよしゆきお》は「全人生を人生の『残滓《ざんし》』（残りかす）」として捨てることにこそ「芸術家」の真の意味があり、そのテーマからすれば良秀は当然「死なねばならぬ」のであって、その死は「道徳」や「良心」とは無関係だと主張します。しかし、良秀にとって芸術家の尊厳を保つことと娘を守ることとは本当に別の問題なのか、また、娘の純潔や命は良秀にとって本当に「人生の『残滓』」なのか、といった疑問は残ります。現に、娘が焼死する炎《ほのお》の中には「猿の良秀」が身を投じています。人間の倫理《りんり》と芸術の完成、こうしたあまりに人間的な難問は、「人間」よりもむしろことばを持たない「猿」の沈黙《ちんもく》の声に耳を傾《かたむ》けるべきかもしれません。

作者解説――龍之介は三度生まれ変わる――

最初の誕生

このような作品を書いた芥川龍之介は、一八九二（明治二十五）年三月一日、東京市京橋《きょうばし》区入船《いりふね》町（現在の東京都中央区明石《あかし》町）に生まれました。実父は新原敏三といい、牛乳の製造販売を営んでいました。母ふくは芥川家から敏三に嫁《とつ》ぎ、龍之介の上に長女と次女をもうけています。彼は第三子・長男ですが、長女ハツはその前年に七歳《さい》で亡《な》くなっています。彼は生まれたときが辰《たつ》（一八九二〈明治二十五〉年辰月辰日辰刻だったため、「新原龍之介」と名づけられました（実名は「龍之助」だった可能性もある）。両親の厄年《やくどし》が重なる大厄《たいやく》の年に生まれた彼は、古い習慣にならい、厄落としのためにいったん捨て子とされました。龍之介誕生から数か月後、母ふくが突然精神に変調をきたします。この実母の発病は、前年のハツの夭折《ようせつ》や生まれつきの内向的性格などが原因ではないかとされます。この実母の発病は、龍之介の生涯《しょうがい》に暗い影《かげ》を落とすことになります。

二度目の誕生

ふくの発病後、龍之介は本所《ほんじょ》区小泉《こいずみ》町（現、墨田《すみだ》区両国）の母の実家芥川家にひきとられます。芥川家は、代々江戸《えど》城中で茶礼をつかさどったお数寄屋坊主《すきやぼうず》を勤めた古い家柄《いえがら》で、芝居《しばい》見物や多くの趣味《しゅみ》を楽しむ江戸文化の香《かお》り豊かな家でした。当主の芥川道章（養父）はふくの実兄で、養母儔《とも》は幕末の有名な通人《つうじん》の姪《めい》にあたります。また、一生独身だった伯母《おば》ふき（ふくの姉）が同居しており、彼女が母親代わりとして龍之介に愛情を注ぎました。一九〇二（明治三十五）年、龍之介は江《え》東尋常《ひがしじんじょう》小学校から同高等科へ進み、回覧雑誌を作るなどしています。この年十一月、実母ふくが新原家で死去しました。一九〇四（明治三十七）年、龍之介十二歳の八月、これまで戸籍《こせき》上は「新原龍之介」だった彼《かれ》が、新原家を離籍《りせき》するさまざまな手続きを経たのち、芥川家と正式に養子縁組《えんぐみ》を結びます。ここに初めて名実ともに「芥川龍之介」が誕生したのでした。

三度目の誕生

龍之介は、東京府立第三中学校、第一高等学校、東京帝国大学（英文科）と順調に進学します。学業成績はいずれも優秀でした。彼は中学時代から日本や外国の文学を濫読《らんどく》し、高校に入学すると、読書欲はさらにつのり、十九世紀末文学や芸術至上主義の文学を読みあさります。大学進学後は、やがて同人仲間となる久米正雄《くめまさお》らと交流を深め、第三次（大正三）「新思潮」に参加、のち京都にいた菊池寛も誘《さそ》って第四次（大正五）「新思潮」を創刊することになります。ところで、大学二年目（大正三）の春、龍之介は『大川の水』という小品を「心の花」という雑誌に発表しています（ただし、執筆は明治四十五年）。その冒頭《ぼうとう》は「自分は大川端《おおかわばた》に近い町に生まれた。」という一行ですが、「大川端に近い町」とは芥川家があった本所のことで、厳密にいえばそこは「生まれた」場所ではなく「育った」場所です。つまり、事実からいえば「嘘《うそ》」なのですが、そこをあえて自分の「生まれた」場所として選びとったとき、すなわち自分の「精神の故郷」をみずから決めたとき、龍之介は新たにコトバで虚構の世界を創造する「作家」として、いわば三度目の誕生を迎えたわけです。翌（大正四）年、吉田弥生《よしだやよい》との初恋《はつこい》に破れた龍之介は、その暗い心を抱いて『羅生門』や『鼻』を執筆し始めました。

（本文の「注」については、中田睦美（神戸市立外大・非常勤講師）の協力を得た。記して謝意に代えたい。）

芥川龍之介　略年譜

西暦	年号	齢	文学活動	生活	社会の動き
一八九二	明治25	0		3月1日、東京京橋区に生まれる 実母が発病、本所芥川家に入る	6鉄道敷設法公布 8第二次伊藤内閣
一八九三	26	1		生家新原家、芝区新銭座移転	12朝野新聞廃刊
一八九七	30	6		4江東尋常小学校に入学	5足尾鉱山事件
一九〇二	35	10		11実母ふく死去	1日英同盟条約調印
一九〇四	37	12		8芥川家と養子縁組を結ぶ	2日露戦争開戦
一九〇五	38	13		4東京府立第三中学校に入学	9日露講和条約調印
一九〇九	42	17		10日光へ修学旅行	4日糖事件起きる
一九一〇	43	18		9第一高等学校に無試験で入学	5大逆事件の端緒
一九一三	大正2	21		9東京帝国大学英文科入学	8孫文、日本へ亡命
一九一四	3	22	4『大川の水』発表 5『老年』発表	2第三次「新思潮」創刊 10芥川家、現北区田端に移転	7第一次世界大戦 8日本世界戦に参戦
一九一五	4	23	4『ひょっとこ』発表 11『羅生門』発表	2吉田弥生との初恋破局 12木曜会で漱石の知遇を得る	5漢口で排日運動 7大隈内閣総辞職
一九一六	5	24	2『鼻』発表 9『芋粥』発表 10『手巾』発表	2第四次「新思潮」創刊 7東京帝国大学卒業 12横須賀海軍機関学校に奉職	2近代思想廃刊 2青踏廃刊 12夏目漱石死去
一九一七	6	25	5第一短篇集『羅生門』刊 11短篇集『煙草と悪魔』刊 10『戯作三昧』連載開始	6出版記念会「羅生門の会」	3ロシア二月革命 11ロシア十月革命 1[illegible]

一九一八	7	26	5『地獄変』連載開始 9『奉教人の死』発表	2塚本文と結婚　鎌倉に転居 大阪毎日新聞社社友となる	8富山で米騒動起… 11ドイツ帝国崩壊
一九一九	8	27	1第三短篇集『傀儡師』刊 11評論『芸術その他』発表	3同社入社、実父敏三没 4田端に転居、養家一家と同居	1パリ講和会議開催 松井須磨子自殺
一九二〇	9	28	1第四短篇集『影燈籠』刊 4『秋』発表	4長男比呂志誕生 11京都に遊び、信州に回る	2東京で普選法デモ 3経済恐慌勃発
一九二一	10	29	3短篇集『夜来の花』刊 9『地獄変』刊	3中国旅行に出発（7帰国） 10静養のため湯河原に行く	11原首相暗殺される 12日英同盟廃棄
一九二二	11	30	1『藪の中』発表 5随筆集『点心』刊	4長崎に再遊 11次男多可志誕生	7森鷗外死去 10ムッソリーニ内閣
一九二三	12	31	1雑誌「文芸春秋」創刊 5『春服』刊	7甲府の夏期大学で講演 12京都大阪方面に遊ぶ	9関東大震災起きる 大杉栄ら虐殺
一九二四	13	32	4、5『少年』発表 7『黄雀風』刊	5犀星の招きで金沢に遊ぶ 8軽井沢で松村みね子と会う	10文藝時代創刊 11東京放送局設立
一九二五	14	33	1『大導寺信輔の半生』 4『芥川龍之介集』刊	7三男也寸志誕生 8軽井沢で松村みね子らと再会	4治安維持法公布 5普選法公布
一九二六	15	34	10『点鬼簿』発表	この年、体調不良	7蔣介石北伐開始
一九二七	昭和2	35	1『玄鶴山房』発表 3『河童』発表 4～8『文芸的な――』 10『或阿呆の一生』発表	1義兄西川豊の家が全焼、保険金詐取や放火の嫌疑で兄は鉄道自殺、その処理で心労重なる 7月24日、睡眠薬で自殺	2中国武漢政府樹立 4株暴落恐慌始まる 6ジュネーブ軍縮会議 8日共、二七テーゼ

エッセイ

さまざまな窓から

北《きた》村《むら》薫《かおる》（作家）

この本を手に取ったあなたは、多分、芥川龍之介という名を、初めて眼《め》にしたわけではないでしょう。それどころか、もうすでに、芥川の本を読んだことがあるのかも知れません。さあ、それでは考えてみてください。——一番最初に出会った彼《かれ》の作品は何でしょう。これは案外、難しい質問です。

ある雑誌の投書欄《らん》を読んでいて、印象に残ったものがあります。幼なじみの男の人と結婚《けっこん》した奥《おく》さんの言葉です。その人は、子供の頃《ころ》から近くにいたせいで、「一番最初に彼《かれ》と出会った瞬間《しゅんかん》」が分からないというのです。大切な運命の瞬間が記憶《きおく》の中から浮《う》かんで来ないのが哀《かな》しいというのですね。そういう哀しみもあり得《う》るのだと教えられました。さて、出会いの時が分からないのは、それだけ相手と幼い頃から親しかったからです。物語を知るというのは、小説の形で読む場合だけとは限りません。絵本や、人の話、あるいはテレビなどで見たりもするのです。そういう形で、『蜘蛛《くも》の糸』や『杜子春《とししゅん》』に接した人は多いはずです。

実はわたしも、芥川作品との最初の出会いは分かりません。ただ、小学校二年の時、先生の読んでくれた紙芝居《かみしばい》のことを覚えています。雨で体操の時間がなくなった時のことかも知れません。女の先生がいいました。

「今日は、アクタガワ・リュウノスケという人の『白』というお話ですよ」

そうして始められた紙芝居が、とても嫌《いや》だったのです。もしかしたら、これが最初の出会いかも知れません。白というのは犬の名前です。彼は、牛乳のように真っ白な犬なのです。ところが、他の犬が危険にさらされている時、助けずに逃《に》げ出したため、全身真っ黒に変わってしまったのです。可愛《かわい》がってくれていた、男の子女の子も白だと気づいてくれません。

この孤独感《こどくかん》、自分が認知《にんち》してもらえないというやりきれなさが、たまりませんでした。漫画《まんが》などを見ていると、ヒーローに偽者《にせもの》が現れるというパターンがありました。長いシリーズものなどでは目先を変えるために、時に使われたパターンです。おかげで本人が誤解《ごかい》され、非難を浴びたりする。わたしは、これが大嫌《だいきら》いでした。もしかしたら、『白』の話が感じさせた重苦しいものが、後々まで影響《えいきょう》を与《あた》えたのかも知れません。

『羅生門《らしょうもん》』について初めて知ったのは、小学校高学年の頃読んだ漫画でした。それも、『羅生門』そのものの漫画化ではありません。京都に修学旅行に行った人達が、「こういう恐《こわ》い話があるんだよ」と物語るのです。

そういうわけで、アクタガワ・リュウノスケというのは、子供の頃から耳に親しい名前でした。文庫本を買うようになった中学生の頃《ころ》、『白』や『羅生門』の確認《かくにん》をかねて、芥川を何冊も買いました。田舎《いなか》町に住んでいましたから、通学路が田圃《たんぼ》の中の長い直線になるところがありました。車など通らない、細い道です。そこを文庫本を開いて、読みながら歩いて行ったこともあります。

少年だったその頃、「いいなあ」と思ったのは短編では『奉教人《ほうきょうにん》の死』です。これは衝撃《しょうげき》的でした。ごく短いものでは『カルメン』。そして、小説以上にエッセイを面白《おもしろ》く読みました。「あれっ、この本に入っているのがないぞ」と思われるかも知れません。実は、そこにこそ芥川の魅力《みりょく》があり、また彼《かれ》が広く知られている理由もあるのです。

ある雑誌に、評判の高い本を選び読者から感想を募集《ぼしゅう》するというコーナーがあります。それを見ると、同じ一冊の本に関して、実にさまざまな意見が寄せられます。見当はずれな読みと的確な読みが対立するというだけではありません。なるほどと思える、しかし、正反対の読みが載《の》ることも当然あるのです。本は、マラソンの勝ち負けのように、はっきりと価値の見えるものではありません。読み手が解釈《かいしゃく》によって、その作品の価値を決定することもあるのです。

芥川の場合には、「これが名作」といってあげるものが、人によって違《ちが》ってきます。また、同じ人が年齢《ねんれい》を加えることによって別の作品を選び出すこともあるのです。わたしも、『奉教人の死』に（まだ、読んでいない人のために、どういう内容なのか語れません。これは、先に説明されたらつまらなくなる作品なのです)、胸をうたれた自分を、大人の眼から見た今は「随分《ずいぶん》と素直《すなお》だったなあ」とも思います。また、芥川という作家について知った後に『白』を読み返すと、子供の頃には考えなかったようなことも色々と浮《う》かんでくるのです。

それだけ、芥川の書いたものは多様なのです。また、ひとつの作品についても、色々なことがいわれています。高校生なら、ほとんどの学校の授業で『羅生門』が出てくると思います。この有名な短編についても、いまだに、さまざまな意見や解釈が出されているのです。

――余談ですが、『羅生門』といえば、今、声に出して読むということの楽しさがいわれていますが、わたしは、昔これを自分で読んでテープに吹《ふ》き込《こ》んだことがあります。しかも、最初のところには雨の効果音をフェイドアウト――段々消えていくわけですね――させて朗読になっていく、などと凝《こ》ってみました。芥川は原稿《げんこう》を書く時、一字一句の表現に大変、苦しんだ作家として有名です。彼の机の周りは、書いては破った原稿用紙で埋《う》まっていたといいます。そういう苦心の末に生み出された文章です。音読してみて、響《ひび》きを味わうのも楽しいと思います。

芥川龍之介は、窓の多い家です。この本がひとつのきっかけとなって、あなたが芥川のさまざまな作品を読み進んでいけば、ちょうどいくつもの窓から中をのぞくように、芥川龍之介という人の姿がしだいに見えてくることと思います。

付記

一、本書本文の底本には、『芥川龍之介全集』第一・二巻（一九七七、岩波書店刊）を用いました。

二、本書本文中には、今日の人権意識に照らして、不適当な表現が用いられていますが、原文の歴史性を考慮してそのままとしました。

三、本書本文の表記は、このシリーズ散文作品の表記の方針に従って、次のようにしました。

㈠ 仮名遣いは、「現代仮名遣い」とする。

㈡ 送り仮名は、現行の「送り仮名の付け方」によることを原則とする。

㈢ 底本の仮名表記の語を漢字表記には改めない。

㈣ 使用漢字の範囲は、常用漢字をゆるやかな目安とするが、仮名書きにすると意味のとりにくくなる漢語、および固有名詞・専門用語・動植物名は例外とする。

㈤ 底本の漢字表記の語のうち、仮名表記に改めても原文を損なうおそれが少ないと判断されるものは、平仮名表記に改める。

① 極端なあて字・熟字訓のたぐい。（ただし、作者の意図的な表記法、作品の特徴的表記法は除く。）

② 接続詞・指示代名詞・連体詞・副詞

㈥ 読者の便宜のため、次のような原則で、読み仮名をつける。

① 小学校で学習する漢字の音訓以外の漢字の読み方には、すべて読み仮名をつける。

② 読み仮名は、見開きページごとに初出の箇所につける。

《監　修》
浅井　清　　（お茶の水女子大学名誉教授）
黒井千次　　（作家・日本文芸家協会理事長）

《資料提供》
日本近代文学館

羅生門《らしょうもん》・鼻《はな》・芋粥《いもがゆ》ほか　　読んでおきたい日本の名作

2003年7月5日　初版第1刷発行
2019年2月21日　初版第5刷発行

著　者　芥川《あくたがわ》　龍之介《りゅうのすけ》
発行者　伊東　千尋
発行所　教育出版株式会社
〒101-0051　東京都千代田区神田神保町2-10
電話　(03)3238-6965　FAX　(03)3238-6999
URL　http://www.kyoiku-shuppan.co.jp/

ISBN978-4-316-80028-8　C0393
Printed in Japan　印刷：神谷印刷　製本：上島製本
●落丁・乱丁本はお取替いたします。